KB159622

나머지 시간은
놀 것

나머지 시간은 놀 것

정원 가꾸는 서화숙의
킨포크살이

나무를 심는 사람들

››› 머리말 ‹‹‹

비슷한 시기에 회사를 그만둔 지인과 이야기를 나누다가 그는 현재 상태를 '쉰다'고 표현하고 나는 '논다'고 표현하는 걸 발견했다. 그는 일하기 위한 중간단계의 휴식으로 봤고 나는 이 상태 자체를 즐기는 시간으로 봤다. 실상 나 역시도 좋은 일이 있다면 다시 일할 생각도 있었지만 어쩐지 내 마음은 노는 이 상태를 더 반겼던 모양이었다.

나는 회사를 자발적으로 그만두었다. 그 이유는 이 책에 나온다. 그 후로 오라는 데가 없어서 자의반 타의반 실직이 계속되었다. 엎어진 김에 쉬어 간다고 하는데 나는 엎어진 김에 놀기로 했다. 노는 것은 정말 내가 오래 갈망하던 것이었다. 나는 어려서부터 학교도 가기 싫었고 혼자서 숲속에 앉아 있는 시간을 제일 좋아했다. 그때 그 아카시아 나무들이 둥글게 둘러선 공터로 햇볕이 나뭇잎들 사이로 일렁이며 들어오던 기억은 마치 이제는 다시 가지 못할 샹그릴라처럼 아스라하게 남아 있다.

대학을 졸업하던 해 취직이 되어 신정연휴가 지나자마자 출근했고 첫 직장인 금융기관에 다니다가 넉 달 만에 신문사 공채시험에 합격해서 옮겼을 때도 딱 1주일을 두고 사표를 썼으니, 대학 졸업하고 33년 동안 쉰 것을 꼽자면 아이 셋을 낳으며 출산휴가 몇 달씩을 보낸 게 전부이다. 그리고 출산휴가는 회사로부터 휴가라는 것이지 당사자에게는 절대로 휴가가 아니다. 쏟아지는 졸음과 피곤을 극복하고 육아라는 낯선 업무를 위해 싸워야 하는 전쟁이었다. 그러니 놀고 싶었다.

그러나 회사를 그만두고는 넉 달 만에 아버지가 돌아가셨다. 엄마가 돌아가시고 1년 만이었다. 회사를 그만두고 해방을 만끽한다고 스페인, 포르투갈을 한 달 동안 여행하고 온 직후였다. 말을 곱게 하는 친구는 아버지가 널 기다려 주신 것이니 떠나시는 분의 사랑에 감사하고 잘 지내라고 했지만 복잡한 심사는 이루 말할 수가 없었다. 그래서 나는 오래 슬픔에 잠겨 있었다.

나를 위로한 것은 마당의 생명들이었다. 나는 꽃과 나무를 가꾸며, 식물을 들이고 얻으며 부모가 없는 삶, 직업이 없는 삶, 책임 있는 일을 할 것인지 말 것인지 오직 내 의지와 판단에 맡겨진 두 번째 삶을 비로소 편안하게 받아들이게 됐다.

지금 내 삶의 원칙은 그렇다. 꼭 필요한 일만 하고 나머지 시간은 놀 것! 아이들이 자라서 제 앞가림을 하고 있기 때문에 내가 꼭 해야 할 일은 많지 않다.

노는 것 중 가장 큰 몫은 식물을 가꾸고 탐구하는 일이다. 그다음으로는 다들 읽은 척하지만 읽은 사람이 별로 없다는 고전을 포함해서 한 달에 책 예닐곱 권을 읽는다. 옷 만드는 법도 배우고 술을 빚는 법도 배운다. 못 가 본 곳을 가 본다. 친구들과 일상을 즐긴다. 나무 한 그루를 심기 위해 뒷마당의 시멘트를 망치로 두드려 깨는 거친 노동도 하고, 헤로도토스에 빠져서도 산다. 문무겸전文武兼全이 결국 이런 것인가 싶은 뇌체겸전腦體兼全, 몸과 머리 둘 다 흠뻑 땀에 젖도록 최선을 다해 재미있게 놀고 있다.

내가 가진 직업이나 내가 속한 집단의 광휘 때문에 유지되던 인간관계는 끊거나 끊겼다. 오로지 내 스스로의 힘으로 쌓아올린 지성과 감성으로 함께 즐기는 관계만 있으니 불안한 마음도 불편한 마음도 사라졌다. 오롯이 혼자 지내는 시간은 내가 잘하고 못하는 것, 좋아하고 싫어하는 것을 분명히 일러 주었다. 그게 돈을 버는 수단이 아니니 그저 그렇구나 관조할 뿐이다. 어떤 단점도 단점이 아니고 특성으로 받아들였다. 보다 먹히는 인간이 되기보다는 보다 나은 인간이 되길 원하니 이걸 세상에서는 철학이라 부른다. 그러고 보면 나는 이렇게 살기를 원했으나 일을 할 때는 그렇게 하지 못했다. 이제 놀면서 살고 싶은 대로 살게 되니 편안하다.

좋은 것은 나누라 했으니 여기 글로 썼다.

2018년 11월

부암동에서 서화숙

차례

1장

찬찬히 살기로 하다

2장

식물과 함께 사람이 오다

3장 헤르만 헤세, 타샤 튜더가 누린 것

4장 나는 마당에서 논다

5장

향기만이 현재이다

1장

찬찬히 살기로 하다

저 산을 안 보고 어떻게 살까

이 집에 이사 오고도 오랫동안 여기가 내 집이라는 현실감이 들지 않았다. 특히 부엌 식탁에 앉아 있을 때면 정말 이렇게 좋은 집이 내 집이 맞는 건가, 그런 생각이 날마다 들었다. 내가 앉은 자리에서 고개를 두 시 반 방향으로 돌리면 환하게 펼쳐지는 북한산이 너무도 좋아서 이렇게 멋진 모습을 매일 볼 수 있다는 게 매일 믿어지지 않았다.

1967년, 초등학교 2학년 때 나는 서울에 올라왔다. 처음에 살았던 동선동에서는 북한산이 잘 보이지는 않았던 것 같고, 이듬해 이사한 미아리 고개의 집에서는 서쪽 멀리로 북한산이 보였다. 춘천에 살던 시절을 그리워하던 나는 노을이 지는 시간이면 멀리 북한산 쪽을 바라보며 혼자 울기도 많이 울었다. 그러다가 고등학교 때는 미아 4동으로 이사 갔으니 1983년 압구정동으로 이사하기까지 북한산이 보이는 지역에서 쭉 살았던 셈이다. 중학교는 정말 북한산 가까이로 배정이 됐는데 이때부터는 아마도 산보다는 사람들에게 관심이 생기면서 북한산에 대한 흥미는 사라졌다.

내가 다시 북한산을 좋아하게 된 것은 1988년 결혼하고 북한산 자락인 쌍문동으로 이사를 가고부터였다. 그때 우리 아파트 복도로 나오면 아파트 단지 사이로 북한산의 인수봉 주변이 딱 그림 액자처럼 펼쳐졌다.

같은 부서의 동료들을 불러 신혼 집들이를 했을 때 나는 임신 중이었다. 늘 피곤하고 많이 졸렸다. 산처럼 쌓여 있던 집들이 설거지는 다음 날 아침에 남편이 했다. 설거지를 마친 남편은 방으로 들어오더니 나를 깨웠다. 보통은 알아서 아침을 챙겨 먹고 먼저 출근했는데 그날은 귀찮다는 나를 자꾸 일으켜 세우며 옷을 챙겨 입혔다. 왜 그러느냐고 물어도 이유는 말하지 않고 잠깐만 나가자고 했다.

아파트 문을 열고 나가자 맞은 편 인수봉 봉우리로 구름이 올라가고 있었다. 밤사이에 온 비로 잔뜩 끼었던 구름이 아침 햇살을 맞으며 서서히 사라지면서 산봉우리가 모습을 드러내는 신선한 아침 정경을 남편은 내게 선물처럼 보여 주고 싶었던 것이다. 그래서 왜 데리고 나가는지를 말할 수 없었던 것이었다. 짜잔! 정말 멋진 선물이었다. 내가 요즘은 친구들한테 '옆구리 차 주고 싶은 남편'이라고 자주 흉을 보면서도 남편과 여전히 잘 살고 있는 것은 그때 본 북한산 때문인지도 모르겠다.

그때는 회사가 있는 안국동에서 쌍문동 집까지 어쩌다 택시를 타고 퇴근을 하면 수유리에서 광산슈퍼 쪽으로 차가 좌회전하면서 북한산이 한눈에 나타났다. 그러면 속이 얼마나 시원해지는지 내가 저 산을 안 보고 살 수 있을까 싶은 생각까지 들었다. 그러다 성북동, 잠원동 시절을 거치며 북한산을 잊고 살다가 다시 이 집으로 이사 오면서 북한산을 만났다.

산이 보인다는 건 하늘이 보인다는 뜻이다. 산이 있어 하늘은 더 높고 또렷했다. 맑은 날은 산이 바로 앞처럼 다가왔고 흐린 날은 북한산은 아예 안 보이기도 했다. 어떤 때는 북악산에서 흘러내린 동네 뒷산만 보이다가 어떤 날은 그 뒤의 북한산 지산까지만 보이기도 했다.

해 뜨기 전부터 세상은 파랗게 밝다. 산의 윤곽만 또렷하고 그 위로 짙푸른 하늘색이 펼쳐지는 새벽 정경. 해가 뜨면 노란 빛이 보현봉 바위를 비춘다. 한낮의 태양이 사정없이 환하게 내리쪼일 때면 북한산과 그 앞의 지산은 초록능선이 뚜렷이 달라 보이지만, 저녁이나 흐린 날이면 전체가 한 덩어리로 뭉치기도 한다. 어떤 시간에는 비봉과 그 아래로 뻗어 내리는 바위능선만 두드러져 보일 때도 있다. 봄이나 가을이면 꽃과 단풍의 색깔이 보인다. 산이 제일 멋있을 때는 겨울로, 하얀 눈을 이고 있는 문수봉과 보현봉은 엽서 속의 이국 풍경을 그려 낸다.

여름에 한없이 높게 솟는 뭉게구름 아래의 산, 저녁노을을 붉게 태우고 있는 산, 눈발이 휘날리면서 점차 시야에서 사라지는 산 ― 하루도 똑같은 날이 없는 산이다. 구름이 매일 다른 그림을 그리는 하늘, 붉은 하늘, 회색인 하늘, 회색인지 하늘색인지 모호한 색의 하늘, 노란 하늘 ― 하늘도 하루도 똑같은 날이 없다.

아는 이가 몇 명 마당에 놀러 오면 나는 그들을 북한산을 볼 수 있는 쪽에 앉힌다. 우리 집에서 가장 좋은 것을 선사하는 마음이다. 그렇게 가만히 산 경치에 빠져 있는 시간이 나는 참 좋다.

한번은 고등학교 동창모임에서 내가 우리 집 정원이라고 북한산 자랑을 하도 했더니 성북동에 사는 다른 친구가 자기네 정원은 북악산이라고 했다. 그 말을 듣고 보니 우리 집이야말로 북악산 자락이고 뒷마당에서 고개를 오른쪽으로 틀면 북악산이 한눈에 들어온다. 그래서 “어, 북악산도 우리 집 정원인데” 했더니 친구가 “그래, 너 다 가져라” 했다. 얘는 고등학교 때 반장이었는데 만우절 날, 반 아이들이 다 교실을 바꾸는 장난을 치는 바람에 반장이라는 이유로 저 혼자만 억울하게 교사한테 뺨을 맞았는데도 집에 가서는 아무 내색도 안 했더라는 착한 친구이다.

그러니까 어진 사람은 산을 좋아하고 슬기로운 사람은 물을 좋아한다는 말이 다 헛소리다. 북한산을 유달리 좋아하는 내가 그만큼 어질지는 않은 게 확실하기 때문이다. 누구나 보라는 산을 다 내 것이라고 주장하는 이 욕심을 내려놓는 수련을 북한산을 보면서 많이 하리라.

재봉틀

재봉틀을 샀다. 회사를 그만두고는 돈 들어가는 일은 다 끊었는데 재봉틀은 샀다. 옷을 만들어서 패션디자이너가 되겠다 마음먹었다. 가격을 알아보는데 운 좋게도 1년에 한 번뿐이라는 중고 재봉틀 대방출 공고가 떴다. 우리나라에서 제일 유명한 전기재봉틀 가격이 단돈 5만 원! 인천에 있는 이 재봉틀 회사의 수리대리점이자 중고판매점에서만 팔았다. 질긴 천가방 하나를 들고 지하철을 탔다.

매장에는 자수가 자유자재로 된다는 최신형 재봉틀부터 온갖 재봉틀 종류가 많았다. 옷을 만들고 싶다니까 중고로 팔리는 기본형 재봉틀로는 옥스포드천 같은 톡톡한 면 종류만 바느질이 된다고 했다. 옷을 만들려면 고급품을 사라고 했다. 최신형 중고가가 50만 원이라고 했다. 어차피 한 번 살 것이라 잠시 망설였지만 초짜가 연습도 할 겸 막 쓰기에는 싼 게 최고 같았다. 하다가 진력이 나거나 내 솜씨로는 턱도 없다는 것을 깨닫는 순간 무르기에는 50만 원은 너무 크다. 돈을 신중하게 쓰는 나의 성품은 여러 일에서 실수를 줄여 줬다.

재봉틀을 사는 시점에는 실을 꿰는 법도 몰랐지만 아무튼 목표만은 높게, 옷이었다. 천가방에 넣어 집으로 오니 재봉틀을 사는 데 들어간 돈은 차비를 합쳐도 5만 5천 원이 넘지 않았다.

30대 후반부터 나의 꿈은 갑자기 패션에 꽂혔다. 신문사를 관둔다면 패션디자이너가 되겠다 생각했다. 회사를 다니면서도 패션 담당 기자인 선배한테 몇 가지 제작 아이디어를 내면서 제작사와 손잡을 수 없는가를 물어보았지만 선배의 반응은 시큰둥했다. 평소에 멋을 부리지 않는 사람이 패션은 무슨 패션이냐는 생각인 듯했다.

선배한테 까인 아이디어들은 2~5년 뒤쯤에는 꼭 시장에 등장해 대박상품이 되었다. 티셔츠에 멋진 그림을 그려서 고급스럽게 팔겠다는 계획에 선배는 티셔츠를 누가 비싸게 사겠냐며 타박했고, 파격적인 핫팬츠 계획도 그런 걸 입을 사람이 누가 있겠냐고 했지만 둘 다 메가트렌드가 되었다. 심지어 수영복처럼 등을 시원하게 파 내린 원피스를 만들겠다는 아이디어는 딱 2년 후 장 폴 고티에의 패션쇼에 등장한 뒤 다른 디자이너들로 번져 갔다. 오트쿠튀르(고급 맞춤복)보다도 내 감각이 앞설 수 있다는 자신감이, 실행을 안 한 덕분인지 더욱 부풀어 오르기만 했다. 회사를 관두고 시간이 남아돌자 진짜 옷을 만들어 보고 싶었다.

놀아 보니 세상에는 좋은 강의가 넘쳐흘렀다. 틀질은 창신동공작소라는 곳에서 아주 싸게 가르치고 있었다. 거기 가서 실 꿰는 법부터 시작해서 파우치와 에코백을 만드는 법을 배웠다. 기본적인 바느질에 양면 뒤집기, 지퍼 달기까지 배우게 되는 과정이었다.

인터넷에도 강의가 넘쳐 났다. 실 꿰는 법조차 모르던 때에는 봐

brother

도 무슨 소리인가 했는데 기초교육을 받고 나니 동영상 강의가 눈에 들어왔다. 5만 원짜리 틀을 사길 잘했다는 것도 강의로 확인할 수 있었다. 기본형 재봉틀도 노루발과 바늘만 바꿔 주면 어떤 천도 바느질을 할 수 있다. 게다가 재봉틀은 모든 회사의 제품 사양이 동일하게 제작되어서 기능이 단순하냐 복잡하냐의 차이는 있을지 몰라도 바늘, 노루발 같은 부속품을 모두 동일한 것으로 쓸 수 있었다. 휴대전화처럼 다른 제품으로 바꾸면 배터리와 충전기까지 다 바꿔야 하는 돈 먹는 귀신이 아니라 소비자를 위한 지속가능한 기계로 재봉틀은 100년 이상 존재하고 있다.

오, 싱거 씨 대단! 재봉틀을 싱거가 발명한 것이라 여기고 감탄하다가 정확히 알아봐야 할 것 같아서 뒤져 보니 재봉틀은 싱거가 발명한 게 아니었다. 싱거는 원래 발명가의 아이디어를 베껴서 사업화한 사람이었다. 바늘이 아래쪽 구멍으로 실을 물어서 천을 뚫은 후 아래쪽 실과 얽히게 만든 현재의 재봉틀 구조를 만든 사람은 1846년 미국인 엘리어스 호우Elias Howe이다. 그러나 그는 이 기술로 큰돈을 벌지 못했고 싱거가 그대로 베낀 것이 상업적인 성공을 거두면서 재봉틀의 대중화 시대가 열렸다. 호우의 박음질 자동화 아이디어는 그 자체로 완벽해서 손을 댈 곳이 없었다. 재봉틀은 이후 여러 곳에서 생산되었지만 서로 호환 가능하게 나온 것도 바로 이 최초의 원안이 뛰어난 덕분이다. 현재의 재봉틀이 전기동력을 이용한다는 점만 다를 뿐 1846년과 작동원리는 똑같다고 한다. 그러니 엘리어스 호우 씨 내난!

재봉틀로 나는 우리 집 아이들의 옷단을 몇 개 고쳤고 나를 위해 원피스 두 벌과 치마 한 벌, 셔츠 두 벌, 모자 한 개를 만들었다. 그 과정에서 나는 깨달았다. 내 머릿속 구상을 판매하는 옷으로 만들려면 솜씨 좋은 패턴사와 재봉사가 있어야 한다. 그러니 그들을 고용해서 옷을 만들어도 수익이 날지를 판단해야 디자이너로서 존재할 수 있다는 사실을.

결국 상업적 디자이너는 옷의 모양을 구상하는 것으로 되는 게 아니다. 사업적 결단을 할 줄 알아야 가능했다. 어떤 천을 얼마에 얼마만큼 사서 어떤 디자인의 옷을 얼마만큼 만들어 세상에 판매하겠다는 결단을 내릴 수 있어야 디자이너가 될 수 있다. 패션디자인은 창작보다는 유통이 중요한 분야였다. 나는 패션디자이너가 되겠다는 생각을 깨끗이 접었다.

그 대신 가끔씩 재봉틀을 돌려 내가 쓸 물건을 만든다. 에코백을 배운 기념으로 자주 만나는 대학 동창 다섯 명에게 에코백을 만들어 주었다. 모자를 좋아하는 언니와 동백나무를 준 친구에게 모자를 만들어 주었다. 엄청난 옷을 만든다며 동대문 시장에서 사 온 자투리 천들은 장롱 안으로 들어갔다. 역시 5만 원짜리 재봉틀을 사길 잘했다.

빨리 요리하는 법

도서관에서 같이 도시락을 먹는 후배가 얼마 전 파래무침을 반찬으로 싸 왔다. 1년 전만 해도 불고기 만드는 법도 몰라서 간단한 요리법에도 신기해하던 그였다. 그런데 나도 못하는 파래무침이라니. 먹어 보니 맛도 아주 좋았다. 어떻게 했냐니까 인터넷에 다 있다고 했다.

나도 당장 시장에 가서 파래를 샀다. 한 덩이에 겨우 400원. 남이 해 놓은 반찬은 맛있어서 덜컥 샀다가는 매번 실패하고 그냥 바라보기만 했던 그 상큼한 해조류. 도서관 후배가 가르쳐 주는 대로 해 봤다. 그만큼 맛있지는 않지만 먹을 만했다. 이제 파래도 먹게 됐구나, 룰루랄라~

파래무침은 못했지만 나는 요리를 좀 한다. 아주 잘하지는 않고 남들이 못한다고 하면 싸울 정도로는 한다. 겨울이면 김장도 담그고 봄이면 간장 된장도 담근다. 내게도 결혼하고 처음 집들이 때 하도 황당한 음식을 내놓아서 사람들이 모두 일찍 자리에서 일어났더라는 흑역사가 있다. 그때로부터 30년간 갈고닦은 끝에 매일 아침 30분 만에 딸과 아들이 먹을 만한 밥상을 차려 내게 되었다. 손님들을 불러도 과히 트집 잡히는 솜씨는 아니다. 물론 아직도 아이들에게 소울푸드는 라면과 치킨이니 내가 그들의 인생에 인상적인 밥을 해 먹이는 것은 아닌 게 분명하지만.

밥을 그나마 좀 하게 된 것은 오로지 아이들 덕분이다. 맞벌이이다 보니 전업주부의 자식들에 비해 늘 소홀한 대접을 받는 듯한 내 새끼들이 불쌍했다. 그래서 못하는 솜씨로라도 딱 하루 쉬는 주말이면(신문사는 옛날에는 토요일 하루만을 쉬었다) 아이들에게 별식을 내 손으로 해 먹이려고 했다. 처음에는 직장 다니면서 먹어 본 음식들을 했다. 술안주로 먹었던 감자탕이나, 돈까스를 응용한 김치치즈말이소고기커틀렛, 중학교 때 배운 크로켓 같은 것을 하다가 나중에는 생선조림, 양념갈비 같은 것도 쉽게 만들게 됐다. 김밥이나 닭강정은 꽤 일찍 깨쳐서 아이들이 유치원에서 포트럭 파티를 한다고 하면 직접 해서 싸 보냈다. 그때 전업주부 엄마들도 대부분 김밥을 사서 보냈더라는 그런 이야기가 있다. 나야 평소에 못해 주니까. 아직도 어려운 것은 나물반찬이다.

회사에 요리책이 굴러다니면 무조건 주워 왔다. 몇 권은 사기도 했다. 가장 도움을 많이 받은 책은 나물이가 만든 『2000원으로 밥상 차리기』이다. 산 책이다. 나물이는 30대 청년이었는데 누구나 쉽게 구하는 재료로 매일 먹고 싶은 반찬을 물리지 않게 만드는 법을 일러줬다. 나물이 요리법은 쉽고 결과가 확실하다. 지금으로 치면 백종원 같은 사람인데 기름이나 설탕을 들이붓지 않는다는 점에서 백종원보다 훨씬 더 건강한 요리법을 가르쳤다. 방송에서 요리프로그램이

인기를 끌면서 그는 오히려 묻히고, 2015년 겨우 마흔네 살의 나이로 세상을 떠났다는 것이 참 안타깝다. 그는 왜 죽었을까? 짧은 기사에는 그냥 심장마비로 세상을 떠났다고만 되어 있다. 그는 듣지도 말하지도 못하는 세상으로 떠났지만 그에게 정말 고맙다고 말해 주고 싶다.

책을 따라 하다가 어느 정도가 지나면 책을 보지 않고도 요리를 하게 된다. 뿐만 아니라 같은 양념을 응용해서 다른 식재료도 거뜬히 다루게 된다. 실상 한 끼의 밥상에 필요한 것은 한 끼의 일품요리이다. 우리 집은 그렇다. 거기에다 멸치볶음이나 김치, 김 같은 밑반찬과 국 하나를 끓이면 한 상이 완성된다.

우선 내 요리법은 '쉽고 간편하게'를 지향한다. 요리법이 복잡하면 절대로 짧은 시간에 음식을 만들 수 없고 짧은 시간에 만들 수 없으면 일에 치여서 즐거운 생활을 할 수가 없다.

식재료가 좋으면 그저 소금간만 해도 맛있는 일품요리가 된다. 가자미 한 마리 8천 원. 두 토막을 낸 뒤 소금을 뿌려 달라고 하는 날은 구이를 하는 날이고, 그냥 달라고 하는 날은 조림을 하는 날이다. 양면 프라이팬에 넣고 중간불에 올려놓으면 생선 고유의 기름으로 양면이 노릿노릿하게 구워져서 입맛 도는 반찬이 된다. 조림이라면 무를 깔고 생선을 올린 후 다진 파, 다진 마늘, 고춧가루를 간장에 비벼서 생선 위에 끼얹고 물로 그릇을 가셔서 부어 주고 센 불로 끓인다. 한소끔 끓어오르면 약불로 줄여서 무가 뭉근하게 되도록 조려 주면 끝. 다진 파, 다진 마늘, 고춧가루에 간장을 넣은 양념장은 모든 생선

조림에 쓴다. 이 양념장은 두부나 깻잎을 조릴 때도 똑같다. 잔치국수 양념으로도 쓰고 콩나물을 무칠 때도 쓴다. 나중에 참기름을 조금 더 넣어 준다는 것만 다르다. 일본식으로 생선조림을 하고 싶으면 고춧가루와 마늘을 빼고 야채육수에 가쓰오부시 간장과 보통 간장, 설탕을 섞으면 된다.

미역국을 끓일 때면 미역을 참기름에 달달 볶고 어쩌고, 북엇국을 끓일 때면 북어를 참기름에 달달 볶고 어쩌고 하는데 나는 원재료를 참기름에 볶는 이 과정을 다 생략한다. 이게 요리를 어렵게 만드는 주범이다. 나는 식물성 기름의 느끼한 맛도 좋아하지 않는다. 이 과정 없이 해 먹어 보라. 더 깔끔한 맛이다.

미역국은 미역 불린 것과 소고기 사태 또는 양지머리를 한꺼번에 넣고 물을 부어 끓인다. 국간장으로 간을 한다. 양파를 하나 까서 통으로 넣어 준다. 다 끓으면 양파만 건지면 된다. 북엇국도 북어포와 무 나박 썬 것, 파 썬 것을 한꺼번에 넣고 물 부어 끓인다. 역시 국간장으로 간을 한다. 나중에 달걀만 풀어서 넣어 주면 끝. 그러니까 국을 끓이는 사이에 생선 굽거나 조림 하고 부추전도 부치고 한 번에 서너 가지 반찬을 30분이면 만든다.

불고기도 소갈비도 돼지갈비도 양념장은 똑같다. 배를 간 것에 다진 마늘과 진간장만 넣는다. 배즙은 자연 단맛이고 고기도 연하게 해준다. 동그랑땡을 만들 때면 호박 당근 양파를 다진 후 전자레인지에 넣고 따로 2분 정도 익혀서 간 생고기와 섞는다. 고기는 단백질이라 빨리 익고 채소는 천천히 익기 때문에 채소를 미리 익히지 않으면 프라이팬에서 동그랑땡을 다 익혔을 때 채소가 딱딱하게 씹히기 때문이다.

전을 부칠 때면 밀가루에 물을 붓고 거품기로 저으면 금세 반죽이 된다. 크림소스를 만들 때도 카레를 풀 때도 거품기를 쓴다. 동네 친구 한 사람은 겨울에 추우면 찬물에 손 담그기가 싫어서 쌀 씻는 것도 거품기로 한다고 해서 웃었다.

다양한 식재료를 신선한 상태로 먹을 것, 요리에 들어가는 시간은 줄일 것, 나머지 시간은 놀 것. 이게 삼시세끼를 해 먹으면서도 지치지 않게 사는 법이다.

손빨래
헬스

한때 손빨래를 한 적이 있다. 겨울에 세탁기 해동을 도우러 온 기사가 7만 5천 원짜리 부품만 갈면 새것처럼 된다기에 10년 된 세탁기에 돈을 들였는데 다섯 달도 안 돼 또 고장이 났다. 다시 온 바로 그 수리기사는 이번에는 센서가 문제라며 5만 2천 원을 내고 갈라고 했다. 통돌이 세탁기가 새것도 17만 원이면 사는데 10년 된 걸 쓸데없이 고쳤다는 생각에 약이 올라서 더 고칠 수도 없었고 새것을 살 수도 없었다.

마침 그때 서재를 청소하다가 『플러그를 뽑은 사람들』이라는 오래된 미국 생태도서를 읽게 됐다. 하필 펼쳐 든 대목이 손빨래를 쉽게 하는 방법이었다. 거의 모든 빨래는 표백제를 조금만 뿌리고 하루만 물에 담가 두면 굳이 세제를 쓰지 않아도 헹구는 것만으로 깨끗이 빨아진다는 아주 획기적인 내용이었다. 글을 쓴 사람이 직접 경험한 결과로 그는 매일 10분만 들이면 자동세탁기 한 통 분량의 빨래를 한다고 했다. 세상에나, 이건 내게 딱 필요한 내용이었다. 며칠 빨래를 쌓아 두고 어찌할까를 고민하던 중인데 딱 헌 책에서 이 대목이 나올

줄이야.

그 밤에 나는 고장 난 세탁기 옆으로 가서 쌓여 있는 빨래를 집었다. 양동이에 담고 세제와 산소계 표백제를 약간씩 뿌린 뒤 물을 부었다. 빨래가 찰박찰박할 정도로 물을 붓고 아침을 기다렸다. 만 하루는 아니고 10시간쯤 담가 둔 다음에 손빨래를 시작했다. 양동이째 욕조에 붓고 발로 밟았다. 시커먼 땟물이 나왔다. 짜서 헹구기를 다섯 번쯤 했다. 치대고 비비는 과정이 없으니까 빨래는 정말 쉬웠다. 그리고 아주 깨끗하게 됐다. 허리를 구부렸다 펴고 빨래를 짜는 과정이 힘들었지만 그건 운동도 마찬가지였다.

운동을 하려면 헬스클럽을 다니라고 한다. 그냥 동네를 걷고 달리는 것은 쉽게 게을러지기 때문에 회비를 내는 헬스클럽에 등록해야 돈이 아까워서라도 운동을 한다고 했다. 헬스클럽에 등록한 적은 없지만 수영이나 발레, 국선도 같은 강좌는 등록한 적이 있다. 돈이 아까워서였는지 운동을 하기 위해서였는지 아니면 근면성실이 몸에 뱄는지는 몰라도 강좌를 등록하면 참 열심히 다녔다. 그러다 보면 일주일이 너무 빽빽하게 돌아갔다. 회사를 그만둔 다음에도 그랬다. 일주일에 며칠이 고정적인 일과가 자리 잡으니까 느슨하게 하루를 보내는 것이 힘들었다. 그래서 몇 달만 하고는 그만두었다. 운동을 꾸준히 한다는 게 참 쉬운 일이 아니었다.

그런데 이 손빨래는 내가 하고 싶은 시간에 하면 된다. 보통 저녁에 물에 담그고 아침에 빨면 12시간 정도를 재워 두는 셈인데 그만큼만 해도 땟물은 충분히 나왔다. 그러니까 저녁 일과를 마치고 빨래를 재워 두고 다음 날 아무 때나 마음이 내킬 때 빨래를 하면 그만이었다. 이왕이면 햇볕 좋은 걸 실컷 이용하자 싶어서 오전 중에 빨래를 하지만 꼭 그래야 하는 일은 아니었다. 헹구는 일이란 똑바로 서서 허리를 반으로 접었다 펴면서 빨래를 물에 담갔다 빼기를 거듭하는 일이니 이게 꽤 좋은 운동이었다. 물에 젖은 옷들은 꽤 무거워서 아령 무게는 너끈히 넘는다. 빨래를 짜는 것 역시 대단한 팔운동이 됐다. 처음 이틀간은 아령운동을 오래 한 것처럼 팔이 뻐근했다. 『플러그를 뽑은 사람들』에 글을 쓴 브렌다 베일리스와 달리 나는 빨래 한 통을 하는 데 40분 정도가 들었다. 그리고 이 시간은 하루의 운동시간으로 아주 적절했다. 빨래를 다 하고 나면 은근히 땀이 났다. 일부러 돈 내고도 헬스클럽을 다니느니 이거야말로 돈도 들이지 않고 매일 할 수 있으니 정말 꾸준한 운동으로 최고였다.

세탁기에 빨래를 하면 늘 빨래에 세제향이 남았다. 그렇지 않아도 겨우 두 번 헹구는 세탁기가 늘 석연치 않았다. 손빨래는 세제 찌꺼기가 남지 않게 충분히 헹굴 수 있었다. 그렇다고 세탁기보다 물이 더 드는 것도 아니었다. 한 번 헹굴 때 한 양동이의 물이면 충분하기 때문이다. 처음 손빨래를 시작하고는 무슨 빨래에서 이렇게 땟국물이 많이 나오나 싶게 빨래들이 시커먼 색을 내놓았다. 그동안 세탁기로는 빨리지 않았던 묵은 때들이 한꺼번에 쏟아져 나오는 듯했다. 삶아 본 적이 없어서 점차 칙칙해지던 수건들이 뽀얘지기 시작했다. 단지 첫물 빨래 때 빨랫덩이째 꾹꾹 밟아 주는 것으로 충분히 때가 나왔다. 손빨래는 확실히 더 위생적인 빨랫법이다.

첫물 빨래 때의 더러운 물은 하수구로 버리지만 두 번째 헹구는 물부터는 마당에 뿌린다. 그러니까 40분이라는 빨래 시간에는 내가 헹군 물을 마당으로 가져가 나무에 주고 오는 시간이 포함되어 있다. 세탁기를 타고 하수구로 버려지던 물이 이제 마당의 꽃들에게로 순환이 된다. 마당으로 나간 물은 수증기로 하늘로 오를 테고 그러면 비가 올 확률도 더 높아진다.

언제부터인가 점점 더 심해져 가는 봄가뭄은 지나친 도시화와 상관이 있다. 옛날이라면 마당에 뿌려져서 하늘로 올라갈 수증기가 지금은 하수관을 타고 강으로 간다. 빨랫물 설거지물 목욕물 모두 그렇다. 옛날이라면 쓰지 않았을 물을 엄청 쓴다. 오줌 한 번 누고 수세식 변기에서 흘려 버리는 물을 생각해 보라. 그 물 역시 지상을 거치지 않고 그대로 하천으로 간다. 그러니 땅에는 하늘로 올라갈 수증기가 없고 하늘로 수증기가 올라가지 않으니 비도 모이지 않는다.

아이들은 손빨래를 안 하겠다고 하고 나 역시 헬스를 빠지고 싶은 날도 있어서 세탁기는 새로 샀다. 사고 나서 살펴보니 세탁기는 한 번 빨래를 헹구는 데 90리터의 물을 썼다. 두 번만 헹구니 양을 늘려 잡는 모양이었다. 첫 번째 세제 넣고 빠는 걸 포함하면 빨래 한 번에 물 270리터가 든다. 나는 10리터 정도의 물을 써서 다섯 번을 헹구니 모두 50리터를 쓴다. 손빨래를 하면 나는 운동을 하고 220리터의 물을 아끼며 40리터의 물을 마당에 뿌려 준다. 이 얼마나 좋은 일인가?

맹물
감기

머리를 맹물로 감는다. 샴푸도 비누도 쓰지 않는다. 아무 물이나 되는 것은 아니고 따끈한 물이라야 한다. 맹물감기를 널리 알렸다는 일본 의사의 책에는 '미지근한 물'이라고 되어 있다는데 미지근한 물이 아니라 따끈한 물이라야 한다. 혹시 샤워를 하다가 오줌을 눈 적이 있다면 바로 오줌이 다리에 감기는 온도, 그런 따끈함이 적당하다. 체온과 같은 온도라야 머리에서 나오는 분비물이 깨끗이 씻어진다.

맹물로 머리를 감으면 머리숱이 빽빽해지고 머리카락 한 올 한 올도 굵어진다. 머리카락이 잘 빠지지도 않는다. 나 역시 머리숱이 휑해지면서 샴푸를 바꿔 본다, 검은 콩물을 먹는다, 단백질 섭취를 늘린다, 이런저런 수를 다 써 봤지만 바뀌지 않던 머리가 맹물로 감으면서 두 달 반 만에 살아났다. 주변에서는 머리가 깨끗이 감기지 않아서 비듬이 많아지는 것 아니냐고 묻는데, 난 심했던 비듬이 맹물감기를 하면서 완전히 사라졌다. 내 말을 듣고 따라 한 후배네는 남편이 탈모를 멈추고 반백이던 머리가 검어졌다고 한다. 맹물감기 선풍을 일으킨 일본 의사의 책에는 이게 자리 잡으면 닷새에 한 번만 감아도 된다는데 나는 아직도 거의 매일 감아 줘야 한다.

맹물 감기를 하게 된 것은 일본 의사의 책을 읽어서는 아니다. 10여 년 전에도 영국 잡지에 실린 글을 읽고 샴푸를 끊은 적이 있다. 그 잡지에는 맹물로 머리를 감으면 머리카락이 좋아질 뿐 아니라 심한 곱슬머리가 부드러운 곱슬로 바뀐다는 이야기까지 들어 있었다. 탈모를 방지한다는 이야기는 없었다. 나도 그때는 탈모 걱정 때문이 아니라 화학성분 범벅인 샴푸를 줄이자는 생각에서 시작을 했다. 모공을 통해서 샴푸의 나쁜 성분들이 머리로 침투하니 샴푸는 줄이는 게 본인에게도 좋고 지구에도 좋다고 생각했다.

그러나 머리가 기름져서 3주 정도 하고 그만뒀다. 동생 결혼식이 닥쳤는데 그런 잔치에까지 떡진 머리로 갈 수는 없었다. 나는 아무리 해도 머리가 기름이 지는데, 도대체 어떻게 계속 맹물로 감으면 머릿결까지 달라진다는 것인지 의문이 생겼지만 더 이상 자세히 알아볼 생각은 들지 않았다. 50대에 들어서자 머리숱이 듬성듬성해지기 시작하면서 여러 가지 탈모방지법을 찾았다. 연년생이라 비슷하게 탈모를 고민하던 언니는 헤나를 선택했지만 내 소비기준에는 너무 비싼 방법이었고, 광물성분이라는 헤나가 과연 안전할까, 안전하다고 해도 천연헤나를 업자가 쓴다는 걸 어떻게 보장하나 등등이 마음에 걸려서 한 번도 해 본 적이 없다.

맹물감기를 다시 시작한 것은 젊은 여성작가의 블로그 덕분이었다. 그는 고맙게도 사진까지 찍어서 맹물감기가 어떻게 그의 머리카락과 머리숱을 살렸는지를 상세히 일러 주었다. 그 블로그를 찾아보게 된 것은 케이블 방송의 미용 프로그램에서 맹물감기를 다룬 걸 보고서였다. 샴푸를 쓰지 않고 머리를 감는 것을 '노푸(no shampoo의 준말)'라고 불렀는데 이게 당시 미용업계의 새로운 유행인 듯했다.

방송은 절대로 맹물감기에 우호적이 아니었다. 우선 맹물로 머리를 감으면 기름기가 덜 빠지기 때문에 식초나 베이킹파우더로 마무리 감기를 해 줘야 한다고 전제하고, 이렇게 했을 경우 나쁜 점을 꽤나 강조했다. 출연자가 나와서 베이킹파우더로 마무리 감기를 하자 머릿속에 베이킹파우더 성분이 남은 것을 현미경으로 보여 주기까지 했다. 식초나 베이킹파우더가 천연재료이긴 하지만 왜 꼭 그걸로 감아 줘야 하나 싶어서 노푸에 대한 것을 두루 검색하다 보니 여성작가의 블로그에 닿았다. 그때 검색한 미용잡지는 물론 진보적인 신문조차 노푸는 베이킹파우더 때문에 별로인 것처럼 묘사하고 있었다.

여성작가는 2년 동안 오직 맹물로만 감았다고 했다. 그런데도 머릿결은 부드럽고 기름지지 않았다고 했다. 처음에는 다소 뻑뻑한 느낌이 있지만 며칠만 하면 그 느낌은 사라지고 두 달부터는 확실히 머리가 달라진다고 했다. 사진에는 허술하던 머리숱이 빽빽해진 것이 뚜렷이 보였다. 회사를 다닐 때도 맹물로 감아 봤던 나인데 나다닐 곳도 없는 지금에야 왜 하지 않으랴. 지방특강을 마치고는 즉시 실천에 들어갔다.

나는 젊은 여성작가와 달리 두 달 만에 달라지지는 않았다. 두 달 반이 되자 느낌이 왔다. 정수리의 머리카락도 뒤통수 머리카락처럼 빳빳해지는 느낌이었다. 긴 머리카락 사이로는 새로 난 머리카락들이 빽빽하게 올라왔다. 머리를 감은 첫날부터 수건으로 아무리 털어도 머리카락이 빠지지 않았다. 샴푸를 쓸 때면 머리를 감고 난 후 매번 수챗구멍에 쌓인 머리카락을 건져서 쓰레기통에 버렸다. 맹물로 감으면 그런 게 없었다. 살살 감는가 하면 그건 아니다. 손가락을 넣어 인정사정없이 머릿속을 문지른다.

10여 년 전에 실패했던 것은 이렇게 박박 감지 않고 머리카락만 물에 감았기 때문이다. 수건으로 닦을 때도 물에 안 빠진 기름기가 수건에라도 닦일까 싶어 박박 닦는다. 그래도 빠지는 머리카락이 어쩌다 몇 올이다. 이렇게 감은 머리는 샴푸로 감은 것처럼 부드럽지만 더 부품하며 타고난 곱슬기를 살려 준다. 샴푸로 감을 때마다 직모로 쏟아져 내리던 내 머리카락은 지금 부드러운 곱슬이다.

제니퍼 애니스톤이 주연한 「돈 많은 친구들Friends with money」이라는 영화에는 오스카상을 두 번이나 받은 프란시스 맥도맨드가 주인공의 엄청 부유한 친구로 나오는데 샴푸를 안 쓰기 때문에 머리가 기름져서 꼴사나운 것으로 설정돼 있다. 상류층인데 기벽에 빠진 대표적인 증후로 노푸를 활용했다. 2006년작인데 감독도 작가도 배우도 올바른 맹물감기를 몰랐던 모양이다.

머리는 숱도 많아졌지만 색이 검어졌다. 회사를 그만두고 2년여 만에 만난 후배는 "머리 염색했어요?"라고 물었다. 머리가 새까맣고 윤기가 나서 인위적인 조치를 한 줄 알았단다. 회사 관두면 팍삭 늙던데 늙지도 않았다고 신기해했다. 모르긴 몰라도 맹물감기 덕에 몸에 나쁜 화학성분을 흡수하지 않은 게 한몫은 했을 것이다.

이렇게 좋은 맹물감기를 왜 매체들은 나쁘게 쓸까. 샴푸회사는 광고를 주지만 맹물은 광고를 줄 수 없기 때문일까.

중국인인가요?

핀란드 헬싱키의 암석교회에 갔을 때였다. 바위를 파서 만든 이 교회는 입구를 찾기 힘들었다. 바위 위로 올라가서 두리번거리고 있는데 내 눈에는 분명 중국인으로 보이는 일행이 다가오더니 그중 제일 앞에 선 중년 여인이 나한테 중국말로 길게 이야기를 한다.

“I'm sorry but I don't know Chinese(미안합니다만 중국어를 모릅니다)”라고 했더니 얼른 영어로 암석교회 입구는 이쪽이 아니라 저 아래편이라고 말해 준다. 자기들도 헤맸기 때문에 우리한테 가르쳐 주려는 것이었다.

난 외국여행을 가면 중국인으로 많이 분류된다. 다른 나라 사람들이 그러는 게 아니고 외국여행을 온 중국인들이 나를 같은 나라 사람으로 보고 다짜고짜 중국어로 말을 걸어온다. 특히 북유럽에 갔을 때 심했다. 스페인과 프랑스에서는 베트남인으로 분류됐다. 어디서든 한국인으로 보는 외국인은 드물었다.

왜 그런가 생각해 보니 옷차림 때문인 듯했다. 나는 여행을 다닐 때 빼입지 않는다. 봄부터 가을까지는 폴리에스터 플리스를 주로 입고 겨울에는 무릎까지 내려오는 검은색 패딩점퍼를 입는다. 별로 잘 차려입지 않은 입성이 중국인과 닮았을 것이다. 한국에 오는 중국인들의 입성은 점점 화려해지고 있지만 다른 나라에 갔을 때 만난 중국인들은 나와 비슷한 무채색이었다. 두 번째로는 표정이 아닐까 싶은데 나는 어디를 가든 나 잘났다 하는 태평한 표정으로 다닌다. 겸손한 표정을 지어내는 일본인이나 눈을 번득이면서 바쁘게 구경거리를 찾는 한국인보다는 중국인에게 가깝지 않을까 싶다.

하도 태평한 표정이어서 인종은 달라도 현지인으로 착각하고 길 물어보는 사람들도 자주 만난다. 워낙 관광객이 많아서 서로 길 물어보기 바쁜 포르투갈의 리스본은 말할 것도 없고 프랑스 파리에서도 일본의 소도시 마쓰야마에서도 그랬다. 상트페테르부르크에 갔을 때도 길거리 좌판을 둘러보고 있는데 그 동네 주민인 듯한 백인들이 물건을 들고 나한테 가격을 물어봤다. 러시아에 많은 황인종 현지인으로 보였던 모양이다. 그때도 추레한 검은색 패딩점퍼 차림이었다.

서울에서도 중국인 대접을 받은 적이 있다. 한동안 걸어서 1시간 거리인 회사를 걸어 다녔다. 가는 길에 청와대 앞길이 있다. 거기는 청와대 쪽에서 내려와서 청운동으로 빠지는 길로 오가는 차가 거의 없는데도 횡단보도 신호등에 건너라는 신호가 잘 안 나온다. 마침 부암동 쪽에서 내려오는 차들이 그 찻길을 가로질러 창성동 쪽으로 좌회전하는 중이었기에 그 길로는 차가 다닐래야 다닐 수도 없으므로 신호등에 초록불은 안 들어왔지만 길을 건넜다.

때는 겨울이라 나는 시커먼 겨울외투를 입고 그 위로 내가 우즈베키스탄밍크라고 부르는 잿빛 숄로 목과 얼굴을 감싸고 있었다. 라마 털로 짠 이 숄은 몸에 대고만 있어도 우주의 따뜻한 기운을 다 끌어오는 것처럼 따뜻한 물건인데, 천연의 회갈색 때문인지 걸칠 때마다 노숙자 기운이 풍기게 한다. 그러거나 말거나 워낙 따뜻해서 추운 겨울이면 외투 속에 장착하고 있는데 하필 이 날은 바람이 거세길래 목과 얼굴까지 덮어서 둘둘 둘렀던 참이다.

내가 무단횡단을 하니까 멀리서 순경이 "어이, 아줌마" 하고 소리치더니 내 쪽으로 왔다. 나는 가던 길을 멈추고 기다렸다. 그런데 가까이 다가온 순경이 나를 보더니 "와이 크로스 더 로드?(Why cross the road?)"라는 콩글리시를 한다. 나를 청와대 앞길에 흔하고 흔한 중국인 관광객으로 본 게 틀림없다. 내 차림새는 중국인이라고 쳐도 요즘 관광객은 아니고 중국 농민공에 가까웠다. 나를 외국인으로 오해하는 그에게 어떻게 대답할까 고민하다가 "비코즈··· 비코즈···(because, because···)"라고 느리게 두 번을 말했다. "어이, 아줌마"라고 부른 순경인데 내가 규칙을 어긴 한국인인 걸 알면 얼마나 잔소리가 쏟아지겠는가. 순경이 손을 흔들며 가라는 신호를 보냈다. 걸어가는 내 뒤로 순경이 물었다. "웨얼 아 유 프롬?(Where are you from?)" 나는 뒤돌아 애매하게 웃어 주었다.

메주를 띄우며

2007년 12월 이 집으로 이사 오면서부터 장을 담가 먹는다. 나는 어려서부터 '왜간장'으로 불리던 공장제 진간장보다 집에서 담근 국간장을 좋아했다. 국간장은 진간장보다 매우 짜긴 해도 진간장에는 없는 감칠맛이 난다. 마당도 넓겠다, 공기도 맑겠다 장을 안 담글 이유가 없었다.

장을 직접 담가 먹는다고 하면 다들 대단하다 말하지만 막상 해보면 어려운 일이 아니다. 항아리에 진한 소금물과 메주를 넣어 두 달간만 내버려 두면 메주 속의 균들이 알아서 다 해 준다. 두 달 뒤 물에 불어 물렁해진 메주를 건지면 그게 된장이고, 항아리 속에 남은 새까만 물이 간장이다. 이때 간장을 끓여서 달이기도 하는데 발효가 잘된 장이라면 굳이 달일 필요도 없다. 곰팡이가 장 위로 뜬 해가 아니면 굳이 달이지 않는다. 그러니 얼마나 단출한 일인가.

장을 담글 때면 소금물 농도를 맞추느라 달걀을 띄워 보라느니, 음력 말날午日에 담가야 한다느니, 소금물을 하루쯤 두었다가 윗물로만 담그라느니 복잡한 규칙들을 많이 이야기하는데 다 몰라도 된

다. 장이 만들어지는 원리만 알고 자기 집 형편대로 맞추면 된다.

장은 보통 정월에 담근다. 장이 만들어지는 발효 과정은 기온이 따뜻해야 순조로운데 겨울에 담그는 이유는 파리가 없어서이다. 파리를 제어할 수만 있다면 여름에 담가도 상관은 없다. 대신 여름에 담근다면 소금물을 더 짜게 해야 메주가 쉬지 않는다. 발효가 순조롭도록 겨울 중에도 봄이 다가오는 정월로 잡는다.

말날이 등장한 것은 음양오행 중에 말이 한낮의 기운을 상징하기 때문이다. 햇볕이 가장 좋은 날로 하라는 뜻이다. 아마도 통계적으로 말날에 맑은 날이 많지 않았을까 생각된다. 그러니 맑은 날로 잡으면 된다.

소금물을 만들어 하루 동안 두라는 것은 우물물이나 강물을 퍼 쓰던 시절에 흙먼지를 가라앉히기 위해서였다. 요즘 수돗물을 쓴다면 염소기운이 날아가도록 하루를 둬야 할 것이다. 천일염에 불순물이 많던 시절 가라앉히는 의미도 있었을 것이다. 그러나 요즘처럼 미세먼지가 많은 세상에서 소금물을 하루 동안 두느라 생길 수 있는 불순물을 생각하면, 생수에 소금을 타서 깨끗한 면포로 거른 다음에 곧바로 담그는 게 더 나을 수도 있다. 정제된 소금이면 면포도 필요 없다. 전통술은 물을 반드시 끓였다 식혀서 담그는데 누룩이 아닌 잡균이 들어오는 것을 막기 위해서이다. 아마 장도 물을 끓였다 식혀서 하면 더욱 좋겠지만 메주 균이 워낙 강한 균이라서 굳이 그렇게 하지 않았을 뿐이다.

소금물 농도를 맞추기 위해 계란을 띄워 보는 건 안 하는 게 낫다.

계란 표면에는 생각보다 균이 많다. 소금물의 농도는 맛을 봐서 넌덜머리가 날 정도로 짜면 맞다. 염도를 17도 정도에 맞춰 물과 소금을 잡으면 된다. 소금물은 발효가 일어나면 짠맛이 줄어든다. 나는 10년 동안 장을 담그면서 염도계는 쓴 적이 없지만 이렇게 해서 감칠맛이 도는 장을 잘 담가 왔다. 항아리는 지푸라기를 태워서 소독하라고 하는데 뜨거운 가스불이나 증기로 소독하면 된다.

메주를 만드는 일이 어렵지 장은 이렇게 하루나 이틀이면 담글 수 있다. 두어 달 뒤에 메주를 꺼내서 치댄 후 된장으로 저장하는 일이 더 있을 뿐이다.

메주는 늘 사서 담갔다. 처음에는 엄마가 고향 사람 중에 장을 아주 잘 담그는 이웃에게서 메주를 사 줬다. 지금까지 그 집 메주로 담근 장맛이 제일 좋았다. 그 아주머니가 힘들다고 이태째부터 메주를 만들지 않아서 고향의 다른 아주머니 메주도 사 보고 통인시장에서 파는 메주도 사 보고 인터넷 구매도 해 봤다. 충청도로 귀촌한 지인이 카톡으로 권하는 이웃의 메주도 사 보고 미장원에서 머리를 자르다가 미용사와 동네 아주머니가 나누는 이야기를 듣고 전라도 섬 지방의 메주를 산 적도 있다. 무작정 민통선을 넘어서 파주 장단콩 마을에서 우연히 사 온 메주가 무척 맛있었지만 연락처를 잃었다. 통일각 옆 매장에서 장단콩 마을 메주를 사 온 적도 있는데 그때 그 장맛은 나지 않았다. 처음 만들었던 그 장맛만큼 맛있는 메주 산지를 계속 찾아가는 중이었다.

지난겨울에는 동네 이웃이 친정에서 보내 주는 자기 집 된장이 정

말 맛있다고 하길래 주문을 했다. 막상 배달된 메주를 보니 메주 균이 하나도 안 보이는, 그저 바짝 마른, 삶은 콩 덩어리였다. 말만 믿고 메주를 주문한 뒤 그 집에서 준 장을 먹어 보니 맛이 이상했지만 딸이 보관을 잘못했거니 했는데, 뒤늦게 도착한 메주를 보니 띄울 줄을 모르는 게 확실했다. 그때가 1월 하순이었다.

이제라도 이 콩 덩어리를 띄우는 방법이 없을까 해서 찾아보니 메주를 만드는 법 자체가 생각보다 쉬웠다. 콩을 푹 퍼지도록 삶아서 말린 후 37도 정도를 사흘 유지하면 메주가 뜬다고 했다. 시골에서 메주를 싸는 볏짚은 메주 균의 핵심인 고초 균을 빨리 생기게 하기 위해서인데 어떤 이파리에도, 심지어는 공기 중에도 있으니 균이 볏짚이 없어도 된다고 했다.

시장에서 콩을 한 되 사 왔다. 붉은색이 나도록 압력솥에서 찌고 비닐주머니에 넣고 주물러 메주를 만들었다. 인터넷에서 본 대로 겉을 설말린 후 마당에서 깨끗한 잔디를 잘라 상자에 깔고 메주를 얹었다. 남편의 등산용 물통에 뜨거운 물을 넣어서 메주 상자 안에 넣어 주고 담요를 덮었다. 물통이 식으면 계속 뜨거운 물로 바꿔 주며 이틀을 보냈더니 메주에 뽀얀 가루가 생기고 캐러멜색으로 익었다. 아주 예쁜 메주가 됐다.

내가 아는 지인은 지독한 길치인데, 남편과 아들이 워낙 다정해서 이이가 어느 동네로 차 몰고 나선다고 하면, 아들이 지도를 뽑아 주고 남편은 옆에 타고 두 번을 미리 왔다 갔다 해서 가는 법을 익혀 준다고 했다. 덕분에 그는 그렇게 하지 않으면 어디도 못 가고 차로 변경도 집과 목적지 근처에서만 할 수 있다고 한다. 그 말을 듣고는 못된 남편도 쓸모는 있구나 싶었다. 띄우지도 못한 메주를 판 사람 덕분에 나는 이제 메주도 띄울 줄 아는 사람이 됐다.

비 오는 날은 일하는 날

30대 40대 50대 네 명이 모여서 독서모임을 했다. 책 이야기도 하지만 절반 이상은 일상 이야기이다. 어느 날은 어떤 날씨가 좋으냐는 이야기가 나왔는데 나를 제외한 3명 모두가 햇볕 쨍쨍한 맑은 날씨가 좋다고 했다. 비 오는 날은 심지어 가장 싫어한다고들 했다. 나는 망설였는데 햇볕 쨍쨍한 날보다 비 오는 날이 좋은 것같이 느껴졌기 때문이다. 그렇다고 비만 오는 날씨가 좋은가 하면 그건 아니어서 정확한 대답을 못하겠다고 했다.

다들 비 오는 날씨와 맑은 날씨가 비교 대상이 된다는 것 자체가 이해가 되지 않는다고 했다. 비 오는 날이면 바깥 대기의 문제가 아니라 사람의 기분이 가라앉는다고 했다. 그래서 생각해 보니 나도 젊어서는 비 오는 날씨를 매우 싫어했던 것이 떠올랐다. 심장이 오그라드는 기분까지 들고 움직일 의욕이 없었다. 비 오는 날의 저기압이 혈압 낮은 사람의 육체를 지배하는 게 틀림없었다.

신체가 견디지 못했던 우울한 날씨를 도대체 언제부터 이렇게 좋아하게 된 걸까 생각해 보니 마당이 생기고부터였다. 1년 강수량의 절반이 6~8월에 쏟아지는 우리나라에서는 봄과 가을에는 식물들이 오랜 목마름을 견뎌야 할 때가 많다. 그러니 비 소식은 언제나 반갑다. 비가 오면 덩달아 정원사도 바빠진다. 비 오는 날을 기다리며 묵혀 놓았던 식물을 이날 옮긴다. 비 오는 날 옮겨야 뿌리가 마르지 않고 옮긴 다음에도 물을 흠뻑 먹어서 잘 살아난다.

며칠 전 비가 왔을 때는 산수국을 옮기고 실내 화분에 두었던 상산도 마당에 심었다.

산수국은 그늘을 좋아하는 식물이다. 백목련나무와 체리나무 사이에 산수국 두 그루가 있는데 하필 백목련나무 아래 심은 것이 가운데가 타들어 갔다. 작년까지는 괜찮았는데 올해 백목련의 높은 가지가 위치를 이동했는지 묘하게도 백목련 가지 사이로 햇볕이 쏟아지는 곳이 생겼다. 그 햇볕을 직통으로 받는 산수국이 힘들어해서 피자두나무 아래쪽으로 옮겨 주려고 비 오는 날만 기다렸다. 상산은 선물받은 꺾꽂이 세 그루 가운데 제일 큰 놈을 화분에 심어 1층 욕실에 두었는데, 창문으로 들어오는 약간의 저녁빛으로도 잘 살고는 있었지만 한 달이 넘도록 새 잎이 나지 않았다. 그래서 백목련나무 아래로 옮겨 주었다.

비 오는 날이라 평소보다는 서늘해도 비닐로 된 비옷을 입고 삽질을 하자면 온몸에서 땀이 솟는다. 장대비가 쏟아지지 않으면 밀짚모자 하나만 쓰고도 일을 한다. 아이들이 대학교 농촌활동 때 사서 가져온 것이니 이제는 10년은 되었는데도 여전히 밀짚이 빳빳하고 챙이 넓어서 아주 요긴하다.

노는 시간도 있어야 하니까 비 오는 날이라도 하루에 옮기는 건 한두 가지. 그동안 꺾꽂이로 크게 자란 주홍색 영산홍과 산철쭉, 수국을 빈 마당으로 옮기는 일까지 올여름에 마쳐야 한다. 한 화분에 심겨져 있는 구문초도 자라는 걸 봐서 화분 몇 개에 나눠 심어 줄 계획이다. 방방마다 모기약 대신 이걸 놓아서 모기를 쫓을 수 있게.

장마가 닥치면 2층 테라스와 1층 뒷마당의 수챗구멍도 봐줘야 한다. 감나무 낙엽이 쌓인 채로 두었다간 물이 2층 거실로 범람을 할 수도 있다. 뒷마당의 물은 빠지는 속도가 느려도 언젠가는 빠지니까 신경 쓰지 않았는데, 올해 수챗구멍 바로 위로 시멘트를 깨고 팔리빈라일락을 삽목한 것을 심었기 때문에 자주 나가 라일락이 심어진 곳까지 물이 차오르지는 않는지 봐줘야 한다. 큰 나무라면 상관없지만 이제 겨우 10센티 정도밖에 안 되는 어린 나무라 신경을 쓴다.

이런 궂은일을 해야 하는 비 오는 날이 왜 좋을까? 독서모임에서 비 오는 날을 좋아한다고 말하고는 이유를 찾아보니 역시 할 일이 있어서이다. 꼭 해야 하는 일이 있고 그 일이 좋아하는 일이니 비가 오면 몸 안에서 즐거움이 솟구친다. 기분이 가라앉았던 날도 몸을 움직이면 활기가 생긴다. 역시 뇌도 육체이고 근육이다. 몸을 움직여서 생기를 돌리면 뇌도 따라서 생기가 돋는다.

애들이 다 커서 제 할 일이 많아지니까 매일 집으로 밥 먹으러 오는 자식은 막내뿐이다. 어느 날은 막내도 저녁을 먹고 온다니까 대충 먹자 싶어서 소파에 누워 있었다. 먹긴 먹어야 하는데 그다지 먹고 싶은 생각도 없었다. 그때 매일 늦게 들어오던 둘째가 "집에 먹을 것

없냐"는 톡을 날린다. 오랜만에 일찍 들어와 저녁을 먹겠단다. 솟구쳐 일어나서 냉장고를 뒤지고는 반찬 세 가지쯤은 만든다.

둘째 덕에 대충 때우지 않고 맛있는 음식을 먹으니 이 한 끼의 영양이 먼 훗날까지 나를 더 건강하게 지탱해 줄 것이다. 그러고 보면 저녁마다 밥을 먹으러 들어오는 아들이 무척이나 고마웠다. 나를 움직이게 하는, 내가 돌봐 줘야 할 일이 있다는 게 얼마나 좋은가. 햇볕 맑은 날은 맑아서 좋고 비 오는 날은 더 바삐 움직여서 좋고.

2장

식물과 함께 사람이 오다

원주 친구

봄에서 여름으로 넘어가는 5, 6월 사이에 피는 토종 흰 꽃나무들이 많은데 다들 예뻐서 정원수로 많이 추천을 한다. 팥배나무, 귀룽나무, 이팝나무는 10미터 이상 크는 교목이라 부담스럽지만 가막살나무, 때죽나무, 말발도리, 고광나무는 키가 크지 않은 관목 종류라서 마당에 들이기도 쉽다. 나는 이 중에도 고광나무를 제일 좋아하는데 동그랗게 오므린 흰 꽃에 노란 꽃술이 달려 있어서 그 어느 흰 꽃보다 청초하다.

마당이 꽉 차서 이제 나무는 고만 들여야지 생각했을 때 아직 고광나무를 들이지 못한 것이 딱 하나 아쉬웠다. 나무는 나오는 철에 가격이 싸고 봄이나 가을에 들여야 식물이 몸살을 하지 않지만, 오래 꿈꾸던 식물은 생각이 났을 때 즉시 구해서 심지 않으면 잊어버린다. 그래서 그때가 6월인데 고광나무를 찾기 시작했다. 고광나무꽃이 6월에 피니까 그 꽃을 보고 마당에 이거 없으면 안 된다고 생각이 났다.

꽃시장에는 봄철이면 1미터로 삽목한 고광나무가 꽤 많이 나오고 가격도 쌌다. 벌써 초여름이라 판다는 데가 별로 없었다. 흰 작약을

산 양주의 꽃가게에 고광나무가 있다고 하는데, 가격은 봄철의 세 배가 넘는데도 문자로 보내온 사진을 보니 모양이 어설펐다.

원주 친구랑 라일락 삽목한 이야기를 문자로 하면서 고광나무 살까 말까 망설이는 이야기를 했더니 즉시 이런 문자가 날아왔다. "고광나무는 꺾꽂이가 되니 사지 마라. 우리 집에 있으니까" 그의 집은 나무 화수분이었다. 별로 넓지도 않은 마당인데 찾는 건 다 있다. 그리고는 7월에 서울의 병원에 올 일이 있다면서 그때 가져다주겠다고 했다. 나는 겨울이 추운 원주에서도 꽃눈이 죽지 않을 하늘색 수국을 캐서 만나기로 했다.

원주 친구는 1년에 한 번씩은 서울에 온다. 그때가 우리가 만나는 아주 드문 기회이다. 어느 해는 다른 일이 겹쳐서 못 만나기도 하니 일 년 가야 한 번 만날까 말까 한 사이인데도 우리는 서로를 영혼의 친구라고 부른다.

우리는 둘 다 딸보다 아들을 유난히 더 귀하게 여기고 가문과 위신과 체면치레가 중요한 경상도 부모에게서 딸로 태어났다. 그도 나도 시어머니를 오래 모셨다. 무엇보다 우리 둘 다 식물 이야기라면 밤을 새워서라도 할 수 있을 정도로 식물을 좋아했다. 둘 다 꽃집에서 파는 원예종보다는 토종식물을 좋아했고 도전정신이 있어서 삽목을 재미있어했다. 둘이 만나면 어느 식물 어디서 이렇게 키우더라, 나 이번에 이거 키워 봤다 이런 이야기로 시간 가는 줄을 모른다. 재작년엔가 만났을 때는 다섯 시간을 꽃 이야기만 하고는 헤어졌는데 또 문자로 꽃 이야기를 하고 있어서 우리 둘 다 미쳤다는 걸 인정했다. 이야기를 해도 해도 재미있고 지치질 않는다.

그를 만난 건 인터넷 식물카페에서이다. 이 집에 이사 오고 마당을 잘 가꾸고 싶어서 씨앗을 나누고 식물 키운 경험을 이야기하는 카페에 가입했다. 바위가 많고 토종식물이 자라는 원주 친구의 마당은 금방 내 눈길을 끌었다. 어려운 원예를 쉽게 해내는 전문가였다. 그는 자주색 대형 고무대야로 마당에 연못을 만드는 법도 소개했다. 아마도 이 연못을 만드는 법을 구체적으로 물어본다고 내가 쪽지를 먼저 했지 싶다. 내 편에서 먼저 연락한 건 확실하다. 쪽지는 메일로 이어졌고 꽃 이야기는 살아가는 이야기로 넘어갔다.

그는 독실한 가톨릭신자이기도 해서 사고방식이 나와 너무도 흡사했다. 거의 강박에 가까울 정도로 올바르게 살아야 한다는 생각, 경상도 부모의 딸로 크면서 스스로 높여야 했던 줏대, 가부장적 가치관에 대한 냉소, 그러면서도 여전히 시어머니에게 법도를 다하겠다는 자기검열 등이 그에게도 있었다. 거의 매일 그와 한 통씩 메일을 나누면서 나는 이 집을 사고 빚에 쫓기면서, 시어머니와의 갈등이 꼭짓점에 이른 시기의 어려움을 견뎌 냈다.

막상 만나면 글과 다른 사람일까 주저도 됐지만 2009년 정원에 대한 첫 책 『마당의 순례자』를 내고는 그를 만나러 갔다. 그 책을 쓰는 데 가장 많이 도와준 사람이었기 때문이다. 내가 우리 집 정원을 '소슬한 언덕'으로 꾸미고 싶다고 결심한 것도 그가 생각을 정리해 준 덕분이었다.

나는 그때에야 그의 집이 원주에서도 산동네로 부르는 구도심 재

개발 예정지역에 있다는 것을 알았다. 막상 가 본 그의 집은 상상과 달리 좁은 평지에 아주 작게 자리 잡고 있었고 그 뒤로 언덕이 가파르게 있었다. 온갖 식물이 하도 많아서 마당이 굉장히 넓은 전원주택으로 상상하고 있었다. 화장실도 마당에 따로 푸세식으로 있었다. 심지어 그의 집은 온돌시설이 되어 있지 않아 난로로 난방을 했다. 정원을 가꾸기 쉽지 않은 이곳을 그는 희한하게 정교하게 온갖 꽃나무를 심어 꽃동산으로 꾸며 놓았다.

그냥 전업주부로만 알았던 그는 수도자를 꿈꿨고 지금도 수도자처럼 살고 있어 보였다. 내가 한때 깊게 빠져 살았던 가톨릭신학에 그 역시 빠삭했던 이유를 그제야 알았다. 내가 왔다고 그는 두 끼나 외식을 사 주었지만 집에서 먹는 음식은 간소했고, 그의 나날들은 자원봉사와 정원 가꾸기로 채워져 있었다. 그리고 그림을 그렸다. 그는 원주가 급팽창하면서 베이고 버려지는 식물들을 마당으로 가져와서 살렸다. 남편은 전기기술자여서 전기공사나 제품 수리를 하면서 살았다. 나는 애가 셋인데 그는 애가 없다는 점은 달랐다. 나이도 나보다 두 살 위였다. 나는 여전히 세속적 욕망이 많지만 그에게는 그런 게 없다는 점도 좀 달랐다.

그다음 날 그의 집을 떠나면서 그 마당의 여러 가지 풀과 나무들이 우리 집으로 왔다. 그가 권하는 식물은 내가 모르는 것이었으나 알고 보면 놓치기 아까운 식물들이거나, 내가 구하고 싶으나 시장에서는 구하기 힘든 것들이었다.

그가 이번에 가져온 고광나무는 다섯 개 줄기가 모두 1미터 50센티는 되게 자라 있었다. 어찌나 찬찬히 싸매 왔는지 아침에 원주를 떠났다는 그와 점심을 먹고 오후 3시쯤 헤어져서 4시에야 집에 도착했는데도 잎 하나 늘어져 있지 않았다. 겹겹으로 묶은 걸 풀고 보니 잔뿌리가 엄청 많이 있었다. 나무를 옮겨 심으면 보통 한 달은 물을 꾸준히 주어야 생기가 돋는데, 이 나무는 옮겨 심은 그날부터 마치 우리 집에 살았던 것처럼 생기가 돌았다. “자기가 준 건 다 잘 살아” 했더니 그는 “네가 잘 키우니까 그렇지”라고 했다.

고광나무의 고광은 고고한 빛이라는 뜻이다. 골짜기에 피는 흰 꽃이 하도 고고해 보여서 이런 이름이 붙었다고 한다. 꽃이 피면 향기도 좋다고 한다. 봄에 나는 새순은 나물로도 먹는데 오이향이 나서 오이순으로도 불린다. 나는 안방 내 침대 머리맡의 창문 옆에 고광나무를 심었다.

잎이 두꺼워지는 시간

오래 친구로 지내는, 세 살 위의 지인이 있다. 그는 북한을 돕는 엔지오의 사무총장인데 경비를 아껴서 북한 사람을 돕겠다는 의지가 강하다 보니 직원 없이 혼자서 모든 일을 10년째 하고 있다. 그러니 누구든 그를 아는 사람이면 어떻게든 그를 도우려고 하는데 어찌된 일인지 그 날은 그런 사람들마저 모두 일이 바빠서 아무도 올 수 없었다. 그날이란 얼마 전에 열린 자선 사진전에서 작품을 사 준 백 명이 넘는 사람들에게 사진 액자를 부쳐야 하는 날이었다. 하필 눈이 펑펑 쏟아지고 있었다.

우체국으로 택배를 부치려고 했더니 평범한 차량으로는 양이 넘쳤고 적어도 다마스는 빌려야 했다. 비용은 4만 5천 원. 그 돈도 그는 쓸 수가 없었다. 우체국에 물어보니 차량을 배치해 주지는 않고 짐수레를 빌려주겠다고 했다. 짐수레를 빌려 왔다. 사무실은 3층인데 거기서부터 백여 점의 사진액자를 하나씩 날라서 다섯 번이나 우체국까지 왕복을 해야 했다.

이 친구는 나보다 키도 작고 몸무게는 훨씬 덜 나간다. 환갑을 넘긴 가녀린 여자가 눈을 펑펑 맞으며 짐수레를 나르는 기분은 참 복잡했을 것이다. 자신을 위해서가 아니라 남을 위해서 돈을 아끼고 있다고 해도 누추한 기분이 드는 것은 어쩔 수 없었을 것이다. 수레는 눈발에 자꾸 미끄러졌고 마음대로 방향을 바꾸었다.

그런데 추운 날씨에도 땀이 날 만큼 힘들게 수레를 끌다 보니 이런 날씨에도 노동해야 하는 이들이 떠올랐다고 한다. 독실한 가톨릭 신자인 그는 그들에게 감사하는 기도를 바치면서 수레를 끌었다. 그렇게 생각하다 보니 자기가 이만큼 건강하니 이 짐을 직접 나르고 있구나 하는 생각도 들었다고 한다. 역시 감사할 일이었다. 그는 하느님에게 감사를 드리며 씩씩하게 짐을 다 날랐다. 그랬더니 눈이 온 것도 그 많은 액자를 나를 일이 있었던 것도 모두가 이 축복을 느끼게 해 주려는 일 같았다. 그에게 이 이야기를 들으면서 행복이란 어떤 상태라기보다는 어떤 조건에서든 감사함을 찾을 줄 아는 능력이라는 생각이 들었다.

행복이 상태라면 내 맘대로 끌어올 수 없지만 행복이 능력이라면 갈고닦을 수 있다. 이 나이에 내가 누구 좋자고 이 고생을 하고 있나를 생각하지 않고, 이 나이에 내가 땀 흘리는 이들의 곤고함을 깨닫게 되었구나, 이렇게 할 수 있는 건 내가 건강해서구나를 생각할 수 있는 것은 사고력이다. 사고력이란 갈고닦으면 점점 높아지고 깊어질 수 있다. 내가 해 오던 생각의 틀에 갇히지 않고 달리 생각을 해 볼 수 있는 능력, 내게 있는 잠재력을 들여다보는 능력, 그 능력으로 같은 사안도 다르게 볼 수 있는 능력… 그런 것들을 갖춰 가는 과정을

누구는 성숙이라고 부르고, 나는 행복을 찾는 공부라고 부른다.

주변에서 보면 공부도 하고 고생도 해 봐야 이 능력이 키워지는 것 같다. 공주 왕자처럼 대접만 받고 자랄 때는 아무 생각도 할 줄 모르고 끊임없이 징징대던 사람이, 힘들고 어려운 시절을 겪고 난 뒤 스스로에게 웃을 줄 알게 되는 걸 얼마나 많이 봤던가.

이 엔지오 친구는 식물을 참 잘 기른다. 그의 집 아파트에도 유달리 푸르고 무성한 화분이 많고 엔지오 사무실에도 한 켠이 온실처럼 푸르다. 주운 화분, 얻은 화분의 식물을 꺾꽂이로 불려서 화분을 늘리고는 자원봉사자들이 오면 잘 나눠 준다.

나도 지난겨울에 여기서 구문초 화분을 얻었다. 10센티 정도 되는 가지 네 개를 한 화분에 심어 놓았다. 구문초는 영어 이름이 로즈제라늄으로 연분홍의 작은 꽃이 피는 제라늄의 일종이다. 나는 실상 제라늄을 별로 좋아하지 않는다. 『해리 포터』의 작가 조앤 롤링이 좋아한 동화라고 입소문을 탔던 엘리자베스 구지의 동화 『하얀 말 이야기』를 보면 세상 다정했던 연인이 헤어지는 이유로 제라늄이 등장한다. 여자는 분홍꽃이 피는 제라늄을 몹시도 사랑해서 집안 곳곳에 놓고 싶어 했고 남자는 분홍색도 제라늄도 싫어했다. 나는 제라늄을 싫어하는 남자의 심정을 이해했다.

그런데 독특한 제라늄의 냄새는 날벌레를 잘 쫓아냈다. 그래서 모기가 가까이 안 오게 해 주기 때문에 제라늄 가운데서도 잎 냄새가 강한 로즈제라늄이 벌레를 더 잘 쫓아서 '모기 쫓는 풀'이라는 뜻의 '구문초'라는 이름을 얻었다

작년 여름에 우리 동네에 날벌레 소동이 있었다. 이름을 알 수 없는 날벌레들이 몰려들어 찻길 쪽 가게 유리창마다 다닥다닥 붙었는데, 이 구문초 화분 큼지막한 것을 출입문 옆에 둔 빙숫집 유리창만 말끔했다고 한다. 그 말을 들었을 때는 우리 집도 구문초를 키워야겠다 마음먹었으나 금방 잊었다. 여름이면 잔디에 숨어 자란 모기들이 기승을 부리니 대책을 고민하다가 그 계절이 지나면 잊는다. 그랬는데 겨울에 친구네 사무실에 놀러 가서 보니 남들 주려고 꺾꽂이해서 키운 구문초 화분이 한가득이었다.

얻어 온 화분을 아침 햇볕이 많이 들어오는 싱크대 앞에 놓았다. 외대로만 자라던 줄기가 한 달쯤 지나자 양 옆으로 잎이 나서 두 줄기로 갈라질 준비를 했다. 때마침 봄이 와서 화분을 밖으로 내다 놓았다.

햇볕과 물을 좋아한다기에 양지쪽에 놓았다. 밖으로 나가서 햇볕을 통으로 받은 구문초는 어린 새잎을 제외하고는 모두 타들어 가기 시작했다. 축 늘어져서 잎 일부가 갈색이 됐다. 흙을 만져 보니 물이 부족한 것은 아니었다. 실내에서 약한 빛만 받다가 갑자기 세진 햇볕에 적응이 안 되는 듯했다. 대추나무 아래로 화분을 옮겨서 땡볕을 받는 시간을 조금 줄여 주기만 했다. 실내에 있을 때는 새로 난 잎이 금방금방 자랐는데 그러지도 않았다.

그런데 며칠을 지켜보니 새로 난 잎은 마르지도 않았지만 아주 두꺼워졌다. 잎에서 나는 향기도 진해졌다. 갈색으로 타고 늘어지던 아래쪽 잎도 서서히 일어나더니 잎이 따라서 두꺼워졌다. 두꺼운 잎은 쉽게 시들지 않고 더 많은 햇볕을 받아들여 더 많은 광합성을 할 수 있게 된다. 처음 만난 강한 햇볕에 괴로워하던 시기를 지나서 이제 더 햇볕을 잘 받는 생명체로 변신해서 향기를 더 진하게 뿜을 준비가 됐다. 실내에 머물렀다면 만나지 못했을 잎이 두꺼워지는 시간.

살려야
고마움을 안다

뒷마당 빨랫줄 아래 있는 모란은 앞마당 언덕에 있는 것을 옮겨 왔다. 원래 이 집에 있던 모란으로 평범한 자주색이다.

이사 온 이듬해 봄, 언덕에 마른 뿌리 같은 것이 있어서 이건 뭐야 하고 흔들었더니 거기서 모란촉이 올라왔다. 가을이면 갈색으로 마르는 줄기를 쓸모없는 것으로 여기고 남편이 잘라 버렸더니 그다음 해에는 더 많은 촉이 올라왔다. 그리고 세 해째부터 꽃이 피더니 매년 포기를 불려 갔다. 동네 터줏대감인 유심슈퍼 할머니가 준 큰 모란을 앞마당에 심은 뒤 이것은 썰렁한 뒷마당을 채우자고 옮겼더니 정말 순하게도 잘 따라 주었다. 매년 포기수가 불어났고 꽃은 앞마당의, 저보다 두 배는 큰 모란보다 훨씬 많이 피었다. 하도 잘 불어나 나눠 주기도 많이 나눠 줬다.

옆집 빌라에도 줬고 환기미술관 앞 빌라에 사는 동네친구한테도 줬고 시골에 농장이 있다는 언론사 선배한테도 보냈다. 그런데 세 집 어디에서도 꽃을 봤다는 연락이 없다. 옆집 마당은 내려다보여서 슬쩍 봤더니 모란이 보이지도 않는다.

옆집 빌라의 주인이 바뀐 건 6년 전이다. 정원사를 불러서 마당의 잣나무를 잘라 버리고 이것저것 손질을 하는가 싶더니 어느 날 벨을 눌렀다. 혹시 그 집 빌라로 뻗어 있는 우리 집 살구나무를 벨 수 없겠느냐고 물었다. 다른 쪽 이웃은 말도 없이 담을 넘어와 우리 집 겹벚나무 가지를 마구 잘라 대는데, 이쪽 집은 이웃의 의사를 묻다니 참 점잖은 사람이구나 감탄했다. 그래서 꽃이 피면 예쁘고 살구도 아주 탐스럽게 열리니 나무를 그냥 두고 같이 즐기면 어떠냐고 물었다. 대신 그 빌라 화단을 꾸밀 식물은 얼마든지 제공하겠다고 했다.

잠시 고민하겠다더니 조금 후에 그러마고 알려 왔다. 그 대신 주겠다는 식물을 달라고 했다. 그게 모란이었다. 모란이나 작약은 추석 지난 후에 옮겨야 편하게 산다. 아니면 장마철에 옮겨야 물 줄 걱정 없이 뿌리가 안착을 한다. 그때가 늦봄이라 그렇게 말했더니 그래도 지금 옮기고 싶다고 했다. 나도 식물을 구할 때면 생각난 그 즉시 구하고 싶기 때문에 그 심정을 이해했다. 제일 실한 가지를 골라서 세 그루를 보냈다. 뿌리가 안착하기까지는 매일 물을 흠뻑 줘야 한다고 신신당부하면서.

그런데 이 빌라 주인은 이 빌라에 살지 않았다. 모란을 심어 두고 마음이 초조해진 건 나뿐이었다. 하늘을 보니 비가 올 가능성은 전무했다. 건조한 봄을 지나 건조한 초여름으로 가고 있었다. 결국 나는 매일 들통에 물을 받아 개방공간인 빌라 뒷마당의 모란에게로 갔다. 한 통으로는 안 되어서 몇 번이고 왔다 갔다 했다. 사랑하면 노예가 된다더니 모란을 사랑해서 죽는 꼴을 볼 수가 없었다. 그렇게 살려

낸 모란인데 2년 동안 부모님 상을 당해 정신이 없어 잊고 있다가 뒤늦게 챙겨 보니 흔적이 없다.

다른 두 집에 줄 때는 혹시나 싶어서 나도 두 포기를 파내서 앞마당 주차장 위 언덕에 옮겨 심었다. 내가 옮긴 것보다는 더 실한 모란을 퍼 주었으니 이게 산다면 당연히 두 집도 살릴 수 있다고 생각했다. 물만 잘 주고 마르지 않게 낙엽이나 비닐로 한 달 정도만 뿌리 주변을 덮어 두면 되는 일이었다. 우리 집 모란은 당연히 살았고 새 촉까지 났다. 잘 살았는데도 아무 인사가 없는 걸까. 궁금해 물어보려다가 에이, 그거 모란 몇 포기 줬다고 뭘 따지기까지 하랴 싶어서 그만두었다.

우리 집에는 남의 집에서 얻어 온 식물이 많다. 마당을 돌 때마다 고마운 그들을 다시 생각한다. 서로 문자라도 할라치면 고맙다는 인사도 매년 하게 된다. 매년 아름답게 꽃을 피워 주니까.

우리 집에서 나간 식물도 많다. 그런데 가져간 후 인사를 받아 본 적이 없다. 가져간 사람들이 무뚝뚝하기는커녕 인사성 바르기로 소문난 이들이다. 내가 떠맡긴 것도 아니고 모두들 모란을 꼭 키우고 싶다고 간절히 원해서 얻어 갔다. 언니와 이야기를 하다가 이유를 알게 됐다. 우리 집에는 언니네에서 가지를 잘라 온 불두화가 내 키만큼 커서 5월마다 대문가를 화사하게 해 준다. 매번 고맙다고 하다가 언니는 그런 말을 한 번도 하지 않았다는 걸 깨달았다. 나도 언니에게 데이지와 은방울꽃 같은 다년초를 퍼 주었다. "언니네에는 내가 준 꽃이 없어?" 없다고 했다. 그래, 누군가에게 고마워하려면 받은 것이 살아 있어야 한다.

세상을 살면 꽃뿐 아니라 수많은 깨달음과 감정을 주고받는다. 그 모든 것들이 내게 와서 의미 있고 아름다운 것으로 자랐을 때 그걸 전해 준 이들이 고맙다. 그러니까 고마움이 발생하려면 준 행위만 있어서는 안 되고 받은 사람이 그걸 잘 살려야 한다. 살릴 줄 알아야 고마운 줄도 안다. 그러니 준 사람만 고마운 게 아니라 잘 키운 내 자신도 참 고마운 사람이다.

혹시 꽃 말고 다른 것은 잘 키워 내지 못했기에 고마워하지 않은 것은 없나 되돌아본다. 또한 누군가 내게 고맙다고 하면 잘한 것은 너 자신이라는 말도 잊지 말자고 마음에 새긴다.

마지막 동백

집에 동백꽃이 왔다. 향기가 진한 분홍겹꽃이 피는 동백이다. 고등학교 동창인 친구는 아파트 베란다에서 이 나무를 키운 지 꽤 오래되었다고 했다. 남편이 퇴직하고 자녀들도 독립해서 집을 줄여 갈 생각이라고 내게 동백나무를 키우겠냐고 물었다. 너무 큰 화분이라 집을 줄이면 가져가지 못할 거라고 했다. 다른 동창 딸의 결혼식에서 만난 2월이었다.

나는 화분식물은 키우지 않는다. 20년은 끌고 다닌 군자란 화분과 엄마가 키우던 알로에만 들고 있지만 그것도 올해 중에 좋은 주인을 찾아 줄 생각이다. 그렇게 말했더니 친구 말로는 이게 월동이 되는 동백이라고 했다. 검색해 보아도 영하 20도 아래로도 내려가는 우리 집 마당에서도 살아 줄지는 불분명했다.

석 달쯤 고민하다가 들여오기로 했다. 안방 창 밖에 심으면 상온보다는 조금 따뜻할 거고, 2층 테라스 난간에 볼트를 박아서 두꺼운 비닐망을 늘어뜨려 주면 간이온실 역할도 충분할 것 같았다. 트럭을 부르고 친구에게 줄 알로에 화분을 들고 택시를 타고 갔다.

친구네 아파트 단지에서 첫 대면을 했는데 동백나무의 꼴이 말이 아니었다. 친구가 보내 준 사진으로는 짐작할 수 없었던 빈사상태였다. 잎은 모두 쪼그라들어서 2센티를 겨우 넘었고 뒤로 배배 꼬여 있었다. 가장 굵은 주가지는 이미 삼분의 일 가까이 말라서 잎이 한 장도 없었다. 친구가 영양제를 놓고 있어서인지 한쪽 굵은 가지에서 새 잎이 올라오는 게 유일한 희망이었다. 택시를 타고 간 것도 트럭을 돈 들여 부른 것도 모두 후회되는 그런 몰골이었다.

화분까지 재고서 180센티가 넘는 동백이라며 자랑하던 친구는 더치커피와 히말라야 소금 립밤을 선물로 안겼다. 이 녀석, 동백이 죽어 가니까 나에게 맡기고 싶었던 거구나, 그런 생각이 들었다. 아냐, 2월에 곧바로 가져왔다면 이 정도는 아니었겠지, 그런 생각도 들었지만 친구 입으로도 꽃이 안 핀 지는 오래되었다고 했다.

가져와서 찬찬히 살펴보니 씨가 하나 달려 있었다. 꽃이 한 송이 핀 것도 진 것도 친구는 몰랐던 모양이었다. 남편이 밀려나듯 퇴직한 충격으로 남편도 자기도 경황이 없었다더니 친구에게 안쓰런 마음도 들었다. 그래도 죽어 가는 식물을 살리려고 애쓰는 마음을 겪어야 한다는 건 여전히 못마땅해서 친구한테 투덜댔더니 그게 최근 몇 년 간의 자기 모습이란다. "야, 야, 이게 무슨 마지막 잎새냐? 내가 이거 살려서 새끼 동백 화분 줄게" 나는 신파조를 차단하고 이렇게 큰소리를 쳤다.

동백은 화분 안쪽에 뿌리가 많이 말라서 비어 있는 공기층이 꽤 됐다. 새 흙을 화분에 계속 보충했는지 주가지 10센티는 흙 속에 묻혀 있었다. 이러니 나무는 더욱 숨쉬기 힘들었을 것이다.

마당에 심고 물을 양동이로 들이붓자 실 같은 벌레들이 땅속으로 파고 들어가는 게 보였다. 지렁이도 실지렁이도 아니었다. 실지렁이는 뭉쳐서 사는데 이것은 한 마리씩 움직였고 길이도 짧고 색깔도 달랐다. 혹시 기생충은 아닌가 싶었다. 친구에게 말해 주고 기생충약을 먹으라고 권했다. 친구는 짚이는 게 있었던지 집 안에 있는 화분을 모두 분갈이하겠다고 했다. 나는 그보다는 기생충약을 먹으라고 다시 강조했다. 외부에 있는 모든 나쁜 것을 어떻게 없애냐고, 내게 들어오는 것만 막는 게 낫다고.

친구는 영어를 굉장히 잘한다. 우리나라에서 영어를 가장 잘 가르친다는 대학에서 석사까지 했다. 10여 년 전에 동창 넷이 매주 메신저로만 만나서 영어 공부를 한 적이 있다. 저마다 일이 있고 사는 장소도 멀리 떨어져 있으니까 워싱턴포스트, 뉴욕타임스, 이코노미스트 중에서 한 꼭지를 정해 읽고 메신저로 같은 시간에 만나 서로 점검했다. 이 언론사들이 모두 공짜로 인터넷에 기사를 올리던 시절이었다. 그때 중학교 영어교사, 동시통역사를 준비 중인 대학병원 의무기록사, 그리고 국제부 근무 3년 경력이 있는 나까지 네 명이 했는데 전업주부이던 이 친구가 영어를 제일 잘했다. 어려운 질문을 척척 푸는 친구가 아까워서 제발 그 영어실력 좀 발휘하고 살라고 했더니 친구는 뭐 좀 해 보려고 하면 병이 나서 못한다고 했다.

10년 사이 의무기록사는 동시통역대학원을 졸업하고 동시통역사가 됐는데 이 영어 잘하는 친구는 아직도 전업주부이다. 영어실력만 발휘할 수 있으면 남편이 퇴직했다고 집을 줄일 필요는 없을 텐데 아, 그놈의 건강.

동백은 잘 살아났다. 추위를 견디는 동백 종류가 적다 뿐이지 원래 동백은 키우기 쉬운 식물이라고도 했다. 다만 바람이 잘 통하고 습도가 높은 걸 좋아해서 아파트 베란다에서 잘 키우기가 힘들다고 했다. 곧 잎은 무성해지고 꽃눈이 많이 달렸다. 그렇게 되기까지 한 달 넘게 매일 옆에 쪼그리고 앉아 물을 몇 동이씩 부어 주었다. 공깃방울은 거의 두 주간이나 나왔다. 다른 나무를 심었을 때 가끔씩 푹 푹 하고 공깃방울이 터지는 것과 달리 물 받은 욕조 안에 막 분 풍선을 집어넣은 것처럼 뽀글뽀글 쏟아져 나왔다. 물 줄 때마다 그랬다. 이 공깃방울을 다 빼 줘야 비로소 뿌리가 활동을 하게 된다.

몸이 약한 친구에게 치명적인 공깃방울은 무엇일까. 내 짐작대로 기생충일까? 친구가 말하는, 타고나길 약했다는 건 안 믿는다. 처칠은 팔삭둥이로 태어났지만 건강해졌다. 선천적인 질병이 아니라 그저 몸이 약하냐 아니냐의 정도라면 후천적인 관리로 바뀔 수가 있다. 나는 이 동백을 건강하게 키워서 동백에게 스스로를 투사했던 친구에게 보여 주려고 한다. 앞으로 20년은 건강하게 너의 재주를 발휘하면서 살 수 있는, 그 뭔가 막힌 것을 찾아내자고.

벌들의 윤무

대추나무는 5월쯤에야 새순이 돋는다. 하도 느리게 나와서 별명이 양반나무다. 느리게는 나오지만 엄청 빨리 자란다. 잎이 크게 자라는 것도 순식간이고 푸른 새 가지가 한 달 사이 30센티 이상 뻗는다. 6월이면 꽃이 피고 9월이면 열매가 익는다.

꽃은 연두에 가까운 노란색인데 향기가 매우 진해서 공장에서 막 나온 플라스틱 제품 같은 매운 냄새가 느껴진다. 벌들이 엄청 좋아해서 대추나무 꽃이 피면 벌들이 몰려들어 춤을 춰 댄다. 이럴 때 대추나무 가지 사이로 고개를 디밀어 들여다보면(벌들은 생각보다 평화롭다) 벌들이 춤추고 신나 하는 것이 느껴져서 그 기쁨에 동화되는 기분이 든다. '이런 게 낙원이구나' 싶은, 신나게 노는 아이들을 바라볼 때처럼 덩달아 신나는 기분.

늘 사람 키를 약간 웃도는 대추나무만 봐 왔던 터라 그렇게 크는 나무인 줄 알았다. 지팡이보다도 짧은 작대기 하나를 종로 5가에서 천 원 주고 사서 심었는데 5년째부터 쑥 크기 시작했다. 곁에서 지켜보고 있으면 자라는 걸 볼 수도 있겠다 싶게 빨리 자랐다. 원주 친구는 그걸 '땅맛을 본다'고 표현했다. 나무가 일단 땅맛을 보면 그때부터는 쑥쑥 자란다고.

높이 있는 가지를 한 번 잘라 냈는데도 또다시 5미터 가까이 올라가 버렸다. 그제야 검색해 보니 이게 갈매나무과 나무이다. 백석 시인이 '굳고 정한 나무'라고 노래한 그 쭉 뻗은 나무와 같은 과였다. 그동안 본 작은 나무들은 다들 열매를 따려고 높은 가지를 잘라 줘서 사람 키를 웃도는 정도였던 것이다.

집안 제사가 열 번이 넘는 집에서 자라서 대추는 어릴 때부터 익숙한 과일이다. 그러나 본 모습은 늘 쪼글쪼글하게 마른 빨간 대추였다. 대추 주산지가 아닌 곳에서 크다 보니 어른이 되어서야 싱싱한 대추를 먹어 봤는데 그 시원하고 단 맛에 놀랐다. 그러나 지금도 대추는 사과나 배 같은 과일과 달리 가을 한 철 잠깐 아니면 과즙맛을 즐기기가 힘들다. 그래서 뒷마당에 대추나무를 심었다.

어느 해 불쑥 자라서 이제 자리 잡았나 했더니 이번에는 빗자룻병이 왔다. 잎눈에서 나무줄기가 하나만 굵게 나지 않고 싸리빗자루처럼 가는 줄기가 여러 개 총총이 돋는 병이었다. 인터넷에 검색해 보니 빗자룻병에 걸린 대추나무는 살릴 가망이 없으니 베어 버리라고 했다. 원주 친구에게 고민을 말했더니 빗자룻병 걸린 대추나무는 총총이 난 줄기 중에 하나만 남기고 나머지를 떼어 내면 산다는 말을 들었다고 해 보라고 했다. 그는 대추나무를 심어 보지 않아서 경험해 본 적은 없지만 그렇게 들었다는 것이다.

그 말대로 했더니 그 한 줄기가 두껍게 자라면서 대추나무가 멀쩡

히 살았다. 살았을 뿐 아니라 새 가지가 1미터 넘게씩 크면서 우리 집 터줏대감인 백목련나무와 살구나무 키에 육박하게 되었다. 옆으로도 많이 퍼져서 아랫집 마당 위로도 마구 뻗었다. 장대로 대추나무를 털면 아랫집으로 우수수 떨어지는 민폐가 되었다. 하는 수 없이 톱을 써서 나무의 키를 절반으로 줄여 놓았다.

대추나무가 있는 곳은 주방 뒷문 앞이다. 통유리인 뒷문에 서서 뒷동산 구경을 해도 내 모습은 안 보이게 엄폐막이 되어 준다. 아침에 뒷문으로 자리옷 차림 그대로 나가 기지개를 켜도 가려 준다. 이 자리에 나무 한 그루가 있어야 하는 것은 맞다. 그런데 대추는 이상하게 벌레가 잘 먹었다. 주변에서는 약을 쳐 주면 된다고 했다. 농약을 쓰고 싶지 않은 나로서는 나무에서 갓 딴 대추가 반쯤은 벌레에 먹힌 이 상황이 못마땅해서 나무를 자를까 말까 고민했다. 그때 마음에 걸린 건 오직 벌들이었다. 벌들이 그렇게 좋아하는데 베어도 될까 싶다가도 저 자리에 라일락을 심으면 모양이 훨씬 좋을 텐데 싶기도 했다.

그런데 시어머니가 고민을 풀어 주었다. 가끔 서울에 오시는 시어머니는 대추 익을 철이면 대추를 가지고 가셨다. 대추차를 끓여서 잘 드신다고 했다. 대추나무를 벨까 어쩔까 고민이라고 했더니 베지 말라고 했다. 알겠다고 했다. 벌들은 시어머니 덕에 낙원이 살아남은 걸 알까. 하긴 알면 뭐하겠나. 너희들은 그저 신나게 춤추며 대추나무꽃을 즐기는 걸로 충분해. 아이들처럼.

붉은 노을

프랑스에서 관광가이드를 하는 대학동창이 어느 날 동창 카톡방에 몽생미셸을 다녀온 사진을 올리면서 아주 예쁜 진분홍꽃의 이름을 내게 물었다. 내가 식물에 빠져서 사는 걸 아는 친구들은 꽃 이야기는 나한테 많이 묻는다. 성곽 틈새에서도 꽃을 탐스럽게 피우는데 프랑스인들한테 물어봐도 이름을 모른다고 했단다. 그때가 5월이었다. 나로서는 생전 처음 보는 식물이라 식물 이름을 묻고 답하는 사이트에 이 사진을 올려놓았지만 아무도 대답을 하지 않았다.

잎의 모양이 분꽃 같아서 같은 속으로 검색을 했더니 미국에서 야생분꽃wild four o'clock 사진이 이것과 아주 흡사했다. 다만 꽃이 진 사진이 많이 찍혀 있어서 확신하긴 어려웠다. 사진으로는 유사해 보여도 실물은 다른 경우가 많기 때문에. 일단 친구한테 내가 짐작하는 내용을 올렸는데, 친구는 이게 땡볕에도 화려한 꽃을 피우는 식물이라 오후 4시에야 꽃이 피기 시작하는 분꽃류는 아니라고 생각했는지 그렇다 아니다 대답이 없었다.

두어 달 가까이 지나서 친구가 드디어 찾았노라 결과를 알렸다.

프랑스에서 스페인라일락lilas d'espagne이라 불리는 꽃이라고 했다. 카르카손의 레스토랑 주인이 인터넷 검색을 해서 가르쳐 줬다고 한다. 그러니까 친구는 계속 이 식물을 머릿속에 넣고 다니면서 사람들에게 이름을 물어 왔던 모양이다.

친구가 찾아 준 이름대로 검색해 보니 쥐오줌풀속에 속하는 남부 유럽 특산식물이었다. 햇볕을 좋아하지만 건조도 습기도 잘 참고 흙이 조금만 있어도 잘 크는, 생명력이 아주 강한 식물이라 호주에 귀화한 뒤로 몇몇 국립공원에서는 요주의 식물로 분류됐을 정도라고 했다. 선명하고 붉은 꽃이 아주 풍성한지 영어 이름은 제우스의 수염jupiter's beard이었다. 내가 씨를 받아서 보내 달라고 하자 친구는 그러마고 했다.

이 친구는 대학시절 친했던 남자사람친구이다. 그가 두물머리의 정약용 묘소를 좋아해서 지금처럼 학습관광 탐방명소로 번다하게 개발되기 전의 고즈넉한 정약용 묘소를 자주 놀러 갔다. 나는 말로 하기 힘든 복잡한 감정들도 이 친구에게는 많이 말을 했던 것 같다. 20대 시절은 너무도 마음이 복잡하던 때라 청춘이 아름답다는 말을 믿을 수 없었는데 스물다섯이 되자 이상하게 마음이 갠 것처럼 환해지더라고 했더니, 그도 역시 그랬다고 해서 남녀를 막론하고 이 스물다섯에 얽힌 뭔가가 있을지 모른다는 생각을 일깨워 준 사람도 그다.

학교를 졸업하고 곧바로 사회로 나온 나와 달리 그는 대학원을 마치고 아프리카에서 무역회사 지사장을 하다가 뒤늦게 유학생활을 했다. 박사과정 중에 공부를 중단하고 프랑스에 정착하면서 관광가

이드가 되었다. 얼마 전까지만 해도 한국인으로는 몇 안 되는 프랑스 정부의 공식 가이드라서 품위 있고 전문성 있는 가이드를 해 왔다.

2015년 봄에 스페인, 포르투갈을 돌고 파리로 간다고 알렸더니 어디가 보고 싶냐고 했다. 파리 말고는 몽생미셸만 가 볼 것이라고 했더니 거기는 자기가 안내하겠다고 했다. 동창들 톡방에서는 그렇게 비싼 가이드를 막 쓴다고 은근히 타박하는 이도 있었다. 나는 아랑곳하지 않았다. 친구가 된다는 일을 왜 남들이 말린단 말인가.

친구가 안내한다기에 아무 검색도 준비도 안 했던 터라 나는 몽생미셸이 파리에서 그렇게 먼 곳인지도 몰랐다. 친구는 아침 7시에 차를 몰고 내가 묵는 호스텔로 왔고 자정이 다 되어서 나를 데려다주었다. 돌아와서야 검색해 보니 한국으로 치면 서울에서 전남 고흥쯤을 하루거리로 다녀온 셈이었다.

관광사진으로 많이 본 유적지는 어쩐지 다 아는 것 같아서 막상 진짜 만났을 때 감흥이 덜한데 몽생미셸은 달랐다. 섬 전체가 오래된 성으로 보이는 그곳을 사진과 똑같은 위치에서 보았을 때도 사진과는 다른 존재감이 느껴졌고, 섬 안에 오밀조밀 형성된 수백 년 된 마을은 관광사진으로는 절대 들어갈 수 없는 실체적 공간이었다. 성당 안의 묵직하고 두터운 공간감은 그 안에 있을 때만 알 수 있는 느낌이었다. 사진에 나오지 않은 뒤편, 성당이면 있는 공동묘지, 아래 갯벌에서 노는 학생들의 활기까지 오감이 약동하는 360도의 살아 있는 공간이었다.

하지만 이보다 더 좋은 것이 나중에 있었다. 친구는 몽생미셸을

갔을 때는 프랑스 중서부의 도빌 해안과 오래된 항구도시 옹플뢰르를 거쳐 돌아온다고 했다. 그리로 가는 길에는 프랑스 출신의 성녀 소화 데레사의 고향인 리지외를 거쳐 갔다. 리지외로 가는 구불구불한 숲길도 좋았는데 숲길이 끝나자 멀리 바다가 나타났고 노을이 지기 시작했다.

노을은 바다에만 있는 것이 아니었다. 내가 보는 앞쪽에서 머리를 지나 내 뒤쪽까지 펼쳐졌다. 처음에는 어두운 주황색이었던 노을은 어찌된 일인지 바다 쪽으로 다가갈수록 더 진한 분홍색이 되어 갔다. 이런 노을은 처음 보았다. 바다에 도착하자 하늘도 바다도 모든 것이 진분홍이었다. 4월의 바다에는 사람들이 없었고 바닷가 레스토랑도 문을 닫는 중이었다. 적요한 진분홍의 세계 속에 친구와 내가 있었다. 차를 타면 끊임없이 수다를 떨었던 친구와 나는 또한 진분홍의 노을 속에 침묵할 줄도 알았다. 말을 해도 편하고 말을 하지 않아도 편했다.

그로부터 3년 뒤 친구가 진분홍꽃의 씨를 받아서 보내 주겠단다. 나는 시멘트로 덮인 뒷마당을 깨고 이걸 심을 것이다. 흙이 많지 않아도 잘 큰다는 이 꽃들은 뒷마당에서 제우스의 하늘을 보여 줄 것이다. 아무 말이 필요 없는 행복한 순간들은 오래 계속될 것이다.

체리나무 향기

흙집을 지어 온 우리나라는 집 안에 큰 나무가 있는 것을 경계한다. 나무뿌리가 집을 기울게 할 수도 있어서다. 집 벽에 덩굴을 올리는 것은 고사하고 집 가까이 나무만 심어도 흉하다는 둥 거친 예언이 난무한다. 그냥 집 무너질까 무서운 거다. 이 구닥다리 조경의식이 콘크리트 집을 짓는 현대에도 남아, 대체로 한국인의 주거는 서양을 따라 해도 집 가까이 나무를 꺼리는 것은 전통을 답습한다.

나는 언제나 집 가까이 나무가 있길 바랐다. 찰리 채플린의 「키드」라는 영화를 본 이후 오래 꿈꿔 온 것이다. 채플린이 거실 창으로 손을 뻗어 포도를 따 먹듯이 창으로 과일을 따 먹는 것은 오랜 내 꿈이었다. 뿐만 아니라 집에 붙어 커다란 나무가 그늘을 드리우는 모습은 그 자체로도 멋이 있었다. 옆마당쪽 벽에 붙어 살구와 머루나무가 자라고 있으니 앞마당으로 튀어나온 베란다에 바짝 붙여 체리를 심었다. 체리나무는 암수 두 그루를 심어야 하기에 또 한 그루는 주차장 위에 조성된 앞마당 언덕에 심었다가 35년간 멀쩡하던 주차장 담에 금을 내 버려서 살구나무 옆으로 옮겼다. 첫해에는 비실대던 체리나무는 5년째가 되자 이층 방 창밖 위로도 솟구쳐 올랐다.

체리나무는 버찌의 영어번역인 체리라는 이름이 무색하게 벚꽃보다는 자두꽃과 비슷한 꽃이 핀다. 다섯 장의 하얀 꽃잎이 좀 성기게 벌어진다. 꽃향기가 가득하다는 점도 벚꽃보다는 자두꽃을 닮았다. 압바스 키아로스타미의 「체리 향기」라는 영화제목이 괜히 생긴 게 아니다. 영화에서 목을 매 죽으려고 체리나무에 밧줄을 던지던 이는 아무리 던져도 밧줄이 걸리질 않자 체리나무로 올라가 밧줄을 동여매었다. 그 순간 손에 닿은 말캉한 체리, 그걸 먹다 보니 해가 떴고 아이들이 학교로 가면서 체리나무를 흔들어 달라고 해서 아이들이 즐겁게 주워 먹는 걸 봤고, 삶의 희망을 얻은 그는 체리를 따서 아내 곁으로 살아 돌아갔다.

영화에서 체리는 생명이나 희망의 비유로 나오지만, 나는 만약 진짜 저런 일화가 벌어졌다면 그가 죽음을 포기한 것은 어떤 비유로 깨달음을 얻어서라기보다는 체리의 영양성분이 그의 마음에 변화를 일으켰기 때문이라고 본다. 마음을 다치면 무기질의 소모가 많고 무기질, 특히 칼슘이 부족하면 우울해지며 두뇌활동이 민첩해지지 않는다. 죽을 것이냐 살 것이냐 수많은 가능성 가운데 진로를 선택하는 것이 힘겨워지면서 그 상황을 모면할 수 있는 죽음만이 유일한 해법인 듯 달라붙게 된다. 우울증은 영양학의 문제이기도 하다.

체리에 들어 있는 영양성분은 한참 길다. 칼슘 엽산 안토시아닌 비타민A 같은 것은 기본이고, 항암성분이라는 케르세틴도 풍부하다고 한다. 체리를 먹는 동안 부족한 영양은 채워지고 약했던 몸은 강건해지고 부옇게 흐려졌던 머릿속은 청명해질 수 있다. 이 현실에서 벗어나고 싶다가 아니라 힘들더라도 다른 방도를 생각해 보자 할 수 있다. 사람을 살게 해 주는 붉은 과실이 체리이다.

사실 우리 집 체리는 속까지 붉은 종자는 아니다. 겉은 빨갛지만 과육은 노랗다. 채소와 과일은 색깔에 따라 많이 들어 있는 영양소가 다른데 노란 과육은 베타카로틴이 많다. 2008년에 종로 5가의 길거리 꽃시장에서 작대기 같은 가지 두 개를 사서 마당에 심었다. 주변에서는 서울에서 체리는 절대 열리지 않을 것이라고 했다. 두 해는 꽃이 피니 고마울 뿐이라는 심경으로 지켜보았고 네 해째인가 다섯 해째인가에 열세 알이 열렸다. 처음에는 훨씬 더 많이 열렸는데 물을 일부러 주지는 않았더니 말라 비틀어져 떨어져 버려서 먹을 만한 과육으로 처음 달린 것이 열세 알이다.

캐나다 사는 대학동창이 전하는 말로는 거기는 체리가 어찌나 잘 열리는지 체리농장에 가서 마음껏 따고 파운드 당 1.4캐나다달러만 내고 가져오면 된다고 한다. 1킬로에 2500원 정도인 가격이다. 반면 우리나라는 한미FTA로 그렇게 싸졌다는 체리가 올여름 500그램에 1만 원 정도였다.

체리나무를 심고, 키만 클 뿐 체리가 제대로 열리지 않아서 나는 이 체리나무를 벨까도 생각했었다. 베지 않은 것은 아버지가 좋아하셨기 때문이다. 가끔 놀러 오신 아버지는 체리나무를 벨까 한다는 내 말을 듣고 체리나무가 열매가 열리면 참 근사하다며 기다려 보라고 했다. 아버지는 체리나무의 위용을 어디에선가 보신 듯한데 지금 돌

이켜보니 그건 캐나다였을 것이다. 아버지는 서울대 전기공학과를 나온 1세대 전력엔지니어로 오래 수력발전 쪽에서 근무하시다가 원자력발전이 시작되면서 그쪽으로 옮기셨다. 캐나다의 원전기술인 캔두형을 도입할 때 월성 원자력발전소 건설소장을 맡으셨다. 캔두형 원자로 기술을 한국이 가질 수 있었던 데에는 아버지가 기여한 것도 크다.

기술지원국인 캐나다에서 파견된 인력의 갑질에는 엄격하게 기강을 잡으셨지만, 인간적으로 사람들을 대했던 아버지는 전문가들과 허심탄회하게 속을 나눌 정도였다고 한다. 한국에 원전기술을 전해 달라는 아버지의 호소에 당시 상주하던 캐나다 원전 기술자가 핵심장비의 부품을 조립하기 전, 상자를 뜯는 상태에서 한국 전문가들이 볼 수 있게 해 주었다. 직접 기술전수는 국가기밀이라 못하지만 내용을 파악할 기회를 은근슬쩍 준 것이다. 이 원전 기술자는 폴란드에서 캐나다로 망명한 사람이라 개발도상국 국가의 기술자들이 고국에 갖는 애정을 남달리 이해한 듯하다고 했다.

아버지는 3년 전에 암으로 돌아가셨다. 돌아가시기 며칠 전에도 식탁에 앉아 이런저런 대화를 했다. 밥하는 아줌마를 들여서 함께 살 생각이라며 내 의중을 물으셨다. 잘 해 드려야 할 텐데 그런 각오는 하셨냐고 했더니 큰돈을 주게 되니 자식들 허락이 필요하다고 말씀하셨다. 아버지가 버신 돈인데 아버지가 다 쓰고 가시라고 했더니 놀란 사람 모양 나를 똑바로 쳐다봤다. 그제야 알았다. 내가 부모에게 잘하는 모습을 보이려고 기를 쓰는 만큼 부모들은 또 자식에게 얼마

쯤은 유산을 남겨야 한다는 압박감을 느끼고 있다는 생각이 들었다. 엄마에 비하면 돈 쓰는 데 구애가 없었던 아버지지만, 가장 마지막 순위였던 먹는 것에서 돈을 아끼다 보니 결국에는 암에 걸린 것이 아니었을까. 송구하게도 부모 두 분을 암으로 떠나보내고야 나는 잘 먹어야 한다, 잘 먹여야 한다를 끊임없이 되뇌고 있다.

그해 체리가 익었을 때 아버지는 우리 집에 계셨다. 암이라는 진단을 받고 수술을 앞둔 무렵이었다. 그렇게 아버지가 고대하던 체리가 열렸다고 드셔 보시라고 하자, 아버지는 '서울에서 체리를 키우다니 대단하다'고 칭찬하셨지만 선뜻 체리를 드시려 하지 않았다. 따서 드리자 잡수셨다. 휴대전화로 사진 한 컷을 찍었는데 바라보는 눈빛이 조금 슬퍼 보였다. 이 사진이 남겨질 즈음을 생각하시는 듯한 표정이었다. 언제나 새로운 경험을 하면 눈빛이 어린아이처럼 반짝이고 웃음이 넘치던 아버지가 아니었다.

그날 이 사진을 나는 형제들의 카톡방에 올리고 다시는 열어 보지 않았다. 그러나 체리나무를 볼 때마다 아버지가 체리를 물고 처연한 표정으로 나를 쳐다보던 장면은 어제처럼 생생하다. 그리고 내가 잘못한 수많은 일들이 떠오른다. 그때마다 나는 아버지를 떠나보내고 굳게 결심한 세 가지를 조용히 읊조린다.

미안하다고 생각될 때는 고맙다고 생각할 것
서운한 생각이 들 때는 좋았던 것을 기억할 것
자책감이 들 때는 그때는 그럴 수밖에 없었다고 생각할 것

수선화가
가득한 곳

엄마가 돌아가시기 전 마지막으로 나한테 한 말은 "집에 수선화 피었나?"였다. 회사를 마치고 밤에 병원으로 갔더니 그걸 물었다. 이른 봄이었다. 다음 날 밤에는 "이가 참 고르다"고 해서 내가 "엄마 닮아서 그렇지"라고 대답했지만 천장만 멀뚱하니 바라보는 게 딸로 알고 말한 것 같지 않았다. 그리고 이틀 뒤 이른 아침 아버지와 단둘이 있는 시간에 엄마는 세상을 떠났다.

우리 집 수선화는 영주 시골집에서 엄마가 가져다주었다. 단독주택을 구하기 전부터 나는 수선화가 심고 싶었다. 반포의 아파트에 살 때 베란다 화분에도 심었지만 다시는 꽃을 보여 주지 않았다. 나보다 먼저 단독주택으로 이사한 언니가 수선화를 잘 산 이야기를 하길래 꽃집을 소개해 달라고 했는데 아무 말이 없었다. 서운한 기분이 들었던 이야기를 엄마에게 했더니 수선화가 필요하면 영주 집에 많으니 캐다 주마고 하셨다. 그해 여름에 엄마와 아버지가 꽃대를 올렸던 실한 놈으로 9포기인가를 캐 가지고 오셨다. 엄마는 아버지가 캐 주셨다고 해서 나는 이 수선화를 아버지가 준 것으로 생각했다. 엄마는 모든 좋은 것을 아버지가 해 주셨다고 했다. 엄마가 시켜서 된 일도 그랬다.

아버지는 지방근무를 오래 하셨다. 엄밀히 말하면 아버지는 거의 부재상태였다. 그래서 엄마는 아버지가 너희를 위해 얼마나 애쓰는가를 강조하는 게 입버릇이 된 듯했다. 엄마는 외가가 아니라 친가 쪽 어른의 장점을 늘 들려주었다. 『마당의 순례자』에 할아버지가 꽃을 잘 키우셨다는 이야기를 쓰자 그제야 외할머니가 진짜 꽃을 잘 가꾸셨다며 적히지 못한 걸 아쉬워했다. 평소에 할아버지 이야기만을 했기 때문이었는데, 약한 쪽을 편드는 건 엄마의 천성이었다.

엄마는 서애 류성룡의 13대 손이다. 외가는 누마루까지 달린 뜨르르한 기와집으로 하회마을에서도 한가운데에 있다. 엄마가 17살까지도 몸종이 있어서 방 앞까지 세숫물을 떠다 줬다니, 한국전쟁으로 남자가 귀해지지 않았다면 아버지가 아무리 잘났다고 해도 두 분이 결혼했을까 싶게 친가와 외가는 차이가 났다. 엄마도 안동여고에서 공부를 잘했다. 친가 쪽은 5대조가 군수를 지냈다고 해서 영감댁으로 불렸지만 군색한 살림이었고, 아버지가 장손이라 시증조할머니까지 모셔야 할 시어른만 넷이었다. 게다가 혼인하고 두 달 뒤에 아버지는 대학이 있는 서울로 떠나 버렸다.

그런데도 엄마는 이때의 기억을 힘들다 한 적이 없다. 쌀 한 톨을 안 버리는 시할머니에게 살림을 배운 걸 고맙다고 했고, 힘든 일은 늘 몸소 나서기에 온 동네의 존경을 받은 시증조할머니를 자랑스러워했다. 아버지가 취직하면서 지방 발전소의 사택으로 독립했지만

방학 때면 아버지의 어린 사촌들이 우리 집으로 몰려들었다. 서울에서는 작은아버지가 장가갈 때까지 함께 살았다. 춘천 발전소 사택에 살 때는 감자를 심고 몸이 약한 언니를 위해 염소도 키웠다. 서울로 이사 와서 미아리고개에 첫 집을 갖고는 닭도 키웠다. 내가 중학교에 들어가서는 새 집을 지을 돈을 모으기 위해 동네 백화점에서 옷가게도 했다. 엄마는 옷을 보는 눈이 있어서 언니와 내가 초등학생일 때 시장에서 명절 옷을 사다 입히면 지나가는 사람들이 우리를 불러 세우고 어디서 옷을 샀냐고 묻는 일이 많았다. 엄마가 백화점 일을 직업으로 발전시켰다면 사업가로도 성공할 수 있었을 것이다. 그러나 엄마는 스스로가 아니라 아버지의 삶에 모든 걸 맞췄다.

아버지는 공인으로 훌륭해서 책임자가 되면 사람들이 따르고 일터의 분위기가 바뀌었다 한다. 나중에 사장이 된 공기업에서는 아버지가 부임하고 사고율이 6분의 1로 줄었다. 집에는 아버지의 손님들이 끊이지 않았다. 엄마는 몇 끼든 밥상을 차려 냈다. 아버지는 온갖 취미도 즐겼다. 사냥 낚시 수석 바둑 마작 국궁…. 이 모든 게 엄마의 뒷바라지로 가능했다. 열두 번의 제사와 아이 넷의 건사도 엄마 몫이었다. 봉제사 접빈객에 돈이 쓰이는 만큼 다른 모든 것은 아껴야 했다. 자식들 셋이 취업한 82년 이전까지 우리 집에서 여유 있는 사람은 아버지뿐이었다. 그런데도 나는 아버지의 여유는 멋있었고 엄마가 쪼들리면서도 버텨 준 일상이 얼마나 대단한 건지는 몰랐다.

내가 초등학교 4학년인가 5학년일 때 할머니가 서울로 무작정 올라오셨다. 할머니는 심통맞은 사람이었고 집안일도 거들지 않았다.

엄마는 할머니 흉은 보았지만 봉양의 의무를 작은집과 나눌 줄도 몰랐다.

엄마에게 휴식은 아주 짧게 왔다. 할머니를 챙기느라 여행도 제대로 못 갔던 엄마는 68세에야 비로소 자유를 얻었다. 그러나 그로부터 7년 뒤에 암에 걸리셨다. 운동하다 허리를 삐끗했는데 대형병원에 갔더니 고질병인 디스크가 있다면서 미국에서 도입한, 그 의사만 할 수 있다는 고가의 수술을 권했다. 12시간의 대수술은 성공적이라고 그 의사는 선언했지만 그 후 계속 병원을 다니는 과정에서 엄마는 혈액암을 얻었다.

아버지는 엄마에게 잘못한 게 많다고 간병은 당신이 맡겠다고 했다. 엄마는 7년 동안 투병을 하다가 돌아가셨고 간병을 하다가 아버지는 암에 걸리셨다.

수선화는 우리 집에서 제일 일찍 피는 꽃이다. 그래도 3월 말이다. 큼직한 노란색과 흰색 꽃이 피는 '나팔수선화'인데 꽃의 아름다움이나 향기의 섬세함은 여왕과도 같지만 생명력은 잡초처럼 강하다. 심어 놓기만 하면 따로 보살펴 주지 않아도 매년 무성하게 불어난다. 꽃 한 송이의 수명이 2주 정도로 긴 데다 따뜻한 안방 베란다 앞에서 한 무더기가 먼저 피고, 그 꽃이 질 무렵 응접실 앞 또 한 무더기가 피니까 한 달 넘게 화사한 꽃을 보여 준다. 귀하게 자랐어도 고생을 마다 않은 엄마에게 딱 어울리는 식물이다.

엄마는 원래 그리스문명에 매료되어 역사를 공부하고 싶었단다. 그런데 사회주의자가 되어 일찍 세상을 떠난 큰외삼촌 때문에 외할

아버지는 의대가 아니면 대학을 보내 주지 않겠다고 했단다. 엄마가 돌아가시고 3년 뒤 『오뒷세이아』를 읽는데 그리스인들의 저승에는 수선화가 가득 피어 있었다.

엄마가 '수선화가 피었냐'고 물었던 것은 '나는 너를 사랑해서 갖고 싶은 것은 다 해 주고 싶었다'는 말이라는 걸 나는 돌아가시고서야 깨달았다.

엄마가 돌아가시고 4년 뒤에야 수선화가 이른 봄에 피었다. 강릉의 오빠 집으로 엄마 제사에 가면서 마당의 수선화 몇 송이를 들고 갔다. 아침에 꺾은 꽃이 저녁의 제사까지 싱싱했다. 엄마의 저승에는 수선화가 가득 피어 있으면 좋겠다.

3장

헤르만 헤세, 타샤 튜더가 누린 것

동네에서
꽃 얻기

저녁준비를 하기 두어 시간 전, 동네를 산보한다. 앞길로 나가 뒷길로 돌아온다.

돌아오는 길에 우리 집 뒷마당에서 보이는 환기미술관 앞동네를 지나는데 빌라 앞마당에서 나보다 열 살은 더 먹었음 직한 아주머니가 호미를 들고 잡초를 뽑아내고 있다. 마당이 허리께밖에 안 오는 나무 담장 안에 있어 마당의 식물도 아주머니가 뭐하는지도 한눈에 보인다. 이 빌라는 3층짜리인데 빌라 옥상이 우리 집 뒷마당보다 낮았다.

2년 전인가 뒷마당에서 보니 빌라 옥상에 좋은 나무들을 심고 열심히 가꾸고 있었다. "꽃 좀 드릴까요?" 내가 소리쳐 물었더니 아주머니가 고개를 끄덕였다. "저희 집으로 오셔요" 했지만 오진 않았다. 바로 그 집의 땅 정원을 보기는 처음이라 나무 담장에 기대어 인사를 했다. "제가 전에 꽃 드린다고 했었는데요."

허리를 편 아주머니는 나를 기억했는지 딸깍하고 정원 문을 열어 주셨다. 그네도 있고 겹벚나무가 있고 영산홍이 많았다. 마당에는 향

기가 좋은 호제비꽃이 많이 피어 있었다. 그것도 아주머니는 잡초라고 다 캐 버리는 중이었다. 내가 가져가고 싶다니까 그러란다. "더덕이 멋지네요" 했더니 더덕을 캐 준다고 몸을 돌렸다. 귀한 것이라고 사양했더니 많다고 마구 퍼 줄 기세라 두 포기만 받고 그만 하시라 했다. 집으로 서둘러 와서 더덕을 심었다. 자주색 꽃이 피는 더덕은 잎 자체만으로도 향기로운 식물이다.

얼른 우리 집에 있는 붓꽃 두 종류를 한 무더기씩 캐 가지고 갔다. 보라색 꽃이 피는 중국붓꽃과 노란색 꽃이 피는 독일붓꽃이다. 주는 것도 시원스러운 아주머니는 받는 것도 시원스럽다. 덥석 받아서는 독일붓꽃을 그네 옆으로 심는다. 나도 다른 쪽에 중국붓꽃을 심었다.

어느 날은 찻길에서 좀 더 먼저 구부러지는 골목으로 들어섰다. 빌라 두 채가 나란히 선 집 마당에 거대한 보라색 독일붓꽃이 있다. 마당에 넘쳐 나서 콘크리트로 막은 곳을 장식하려는 것인지 화분에까지 심었다. 저걸 얼마나 구하고 싶었던가.

가만히 꽃을 보고 있는데 차가 한 대 들어온다. 40대 초반으로 보이는 남자와 청소년 아들 둘이 내린다. "저 혹시…" 하면서 다가간다. 이때를 위해 내 카톡에는 우리 집 정원에서 자라는 예쁜 꽃사진들이 가득하다. 사진을 보여 주면서 이 집 붓꽃과 우리 집 식물을 교환하면 어떻겠는가 묻는다. 거기에는 없는 아내가 결정할 일이라며 연락을 해 준단다. 전화번호를 남기고 왔다. 조금 후에 연락이 왔다. 아내분인 모양이다. 내 꽃을 보고 모란과 바꾸고 싶다고 했다. "그럼 장마철이나 추석 지나서 옮겨야 사니까 그때 연락드릴게요" 했다. 그런데 그 여자분이 "잠깐만요, 금방 연락드릴게요" 하더니 전화를 뚝 끊는다.

잠시 후에 전화가 다시 울리는데 우리 집 가까이 있는 편의점 앞이란다. 붓꽃을 캐 가지고 왔으니 받으러 오란다. "그거 모란 드릴 때 받아야 하는데요" 했지만 집 가까이 왔다니 얼른 달려간다. 40대라기에는 너무 젊은 부인이 중학생인 아들과 검은색 비닐봉투에 붓꽃을 담아 가지고 왔다. 받기만 하기가 미안해서 모란을 지금이라도 캐 주랴 했더니 추석 지나고 달란다. 그리고 총총 사라졌다. 달력을 펴고 9월에 "모란, 독일붓꽃집 줄 것!" 하고 써 넣었다.

산보 길에 음식점이 하나 있다. 가게 앞 텃밭에 능소화, 은방울꽃을 심어 놓았다. 봄에 옆집 부인이랑 세검정에 있는 김밥집을 가느라고 거길 지나치는데 앞치마를 입은 가게 주인아주머니가 쪼그리고 앉아 텃밭을 들여다보고 있다. 오지랖이 넓은 옆집이 말을 거니까 텃밭에 올라오는 새싹이 바질이 맞나 보고 있단다. 바글바글 올라오는 새싹은 일단 자주색 기운이 있어서 바질과는 달라 보였지만 그곳에 바질씨를 털었다니 그런가 한다. 옆집 부인은 저렇게 바질이 빼곡히 올라오면 좀 달란다. 가겟집도 주겠단다.

덩달아 나도 얻기로 해서 어느 날 산보를 가는 길에 우리 집에서는 잡초처럼 무성한 개양귀비와 방아풀 모종을 가져다주었다. 가면서 생각해 보니 가겟집에 빼곡히 올라오는 풀은 바질이 아니라 잡초로 분류되는 박주가리가 분명했다. 그 텃밭 바로 옆에 빌라 공터가 있는데 거기에도 박주가리가 엄청 많이 돋아 있었다. 박주가리는 풀

솜 같은 씨가 날아다녀서 쉽게 퍼진다. 가서 개양귀비와 방아풀을 전해 주고 박주가리라고 가르쳐 주니까 미안해하면서 자기네 집 꽃들을 가져가란다. 보니까 다 돈 주고 산 물건들이라 부담스러워서 다 시들어 가는 장미매발톱 화분 하나와, 넘쳐서 고민이라는 텃밭의 풀 두 포기를 얻어 왔다.

양귀비의 합법화를 요청함

뒷마당에서 가장 예쁜 꽃은 양귀비다. 그 핏빛 꽃의 아름다움은 정말 눈부시다. 꽃잎은 공단처럼 매끄럽고 도타운 질감이 느껴진다. 은은한 향기도 난다. 하루 피었다가 말끔한 꽃잎이 툭 떨어진다. 그리고 그 자리에서 자라는 동그란 씨방. 연한 쑥색으로 길게 비쭉비쭉 잘린 두툼한 잎도 귀티가 난다. 식물마다 다 예쁘기가 어려운데 양귀비는 어디를 봐도 예쁘다. 매우 예쁘다.

나는 약간은 조마조마한 마음으로 이 글을 쓴다. 왜냐하면 '향정신성 의약품에 관한 법률'을 위반하는 원예행위를 내가 한다는 걸 알리는 내용이기 때문이다. 나는 양귀비를 키운다. 아편을 만들 수 있는 진짜 양귀비Papaver somniferum를.

양귀비는 개양귀비나 꽃양귀비로 불리는 원예용 양귀비와는 아름다움의 차원이 다르다. 다년초인 오리엔탈양귀비나 2년초인 셜리양귀비와 달리 1년초라서 매년 꽃씨를 새로 뿌려 줘야 한다는 점이 성가시지만 그 아름다움에 매년 기꺼이 씨를 뿌린다. 우리 집에 자라는 1년초는 봉숭아와 양귀비뿐인데 봉숭아는 매년 씨가 떨어져서 자연스레 나는 반면 양귀비는 매년 심어 주고 있다. 혹시나 씨가 안 나서 놓치고 싶지 않으니까.

향정신성 의약품에 관한 법률을 보면 양귀비는 키우지 못하게 되어 있다. 그러나 옛날부터 시골에서는 응급처방약으로 양귀비 한두 포기씩은 키우고들 있었다. 배탈이 났을 때 잎을 삶아 먹었다고 한다. 자연발생한 꽃들이 잘 자라서 일일이 단속하기도 어렵기 때문에 검찰에서는 50포기 이상을 키우는 사람만 구속하라는 지침을 내린 적이 있다.

양귀비를 키울 방법이 없을까 인터넷으로 검색하다가 2007년에 나온 문서의 사진파일을 보았다. 그때 지침에는 경찰서로 불러서 조사하는 입건 기준으로는 20포기를 잡았다. 많은 사람들이 한 포기만 심어도 난리 나는 줄 아는데 그건 아니었다. 그래서 씨를 심어서 싹이 트면 잘 크는 19포기만 빼고 모두 뽑아 버렸다. 2012년쯤 어느 신문에 신종 선인장 마약 기사가 실렸는데, 거기 등장한 서울시 경찰청 마약단속 과장이 "양귀비는 50포기부터 단속한다는 규정이 있지만"이라고 말해서 서울에서는 49포기까지도 가능하겠다는 것은 알았지만, 마당이 좁아서 19포기를 다 키운 적도 몇 해 안 되는 것 같다.

49포기까지는 괜찮다는 수사지침은 있어도 심을 때마다 신경이 쓰인다. 지침은 법이 아니니까 변경이 쉽다. 그래서 이 글을 굳이 쓴다. 양귀비를 원예용으로 합법화해 달라고.

아편 양귀비는 홑꽃과 겹꽃이 있는데 홑꽃은 빨강과 연보라가 있다. 겹꽃은 빨강과 진분홍 등을 사진으로 보았는데 같은 종류가 토질

이나 햇볕 양에 따라 달라지는 것인지도 모르겠다. 우리 집에는 빨강과 연보라 홑꽃만 있다. 예쁘기는 단연 빨강인데 향은 연보라가 약간 더 짙다.

양귀비는 기름진 땅과 햇볕을 좋아한다. 1년초이면서도 뿌리를 매우 깊게 내리기 때문에 건조해도 잘 참지만 습윤한 땅을 더 좋아하는 듯하다. 물을 너무 안 주면 키가 10센티도 안 되게 큰다. 그런데도 꽃은 피고, 작아도 빛깔만큼은 핏빛으로 선명하다.

씨앗은 모래처럼 작은데 바람을 타고 날아다니기도 하는지 못 보던 곳에서 양귀비가 돋아나 피는 걸 우리 동네에서도 몇 번이나 보았다. 어느 해에는 버스 타러 갈 때마다 지나는 옷수선집의 널빤지 하나만큼의 좁은 화단에 겹양귀비가 홀연 피었다. 지나칠 때마다 꽃씨를 반드시 얻어야지 다짐했는데 그 집 주인은 꽃이 지자마자 뽑아 버렸다. 아편은 양귀비의 씨방에서 나오는 즙으로 만들기 때문에 시비가 될 여지를 없앤 모양이었다. 그 후로는 동네에서 겹양귀비를 보지 못했다. 우리 집에 하나 날아오면 잘 키워 줄 텐데 아직 이 말을 양귀비가 못 듣고 있다.

작년에 딸이 프랑스 여행을 갔다가 모네의 집에서 양귀비 3종 세트 씨를 사다 줬다. 사진으로 봐서 하나는 셜리포피로 불리는 꽃양귀비이고, 두 종은 진짜 양귀비 홑꽃과 겹꽃으로 보여서 이것만 심고 우리 집 씨는 안 심었다. 그랬더니 셜리포피만 잔뜩 났다.

양귀비 겹꽃으로 보였던 것이 셜리포피 겹꽃이었고, 양귀비 홑꽃으로 본 것은 양귀비와 셜리포피를 섞어서 개발한 신품종 같았다. 핏빛 꽃색이나 검은 반점은 똑같았지만 공단 같은 질감이 전혀 없어서 그냥 보통 꽃이었다. 잎도 그냥 셜리포피처럼 꺼끌꺼끌했다. 무엇보다 꽃술이 노랑이 아니고 까망이라 좀 징그러워 보였다. 사소한 차이만으로도 아름다움의 격이 이렇게 달라지는지 처음 알았다.

작년에 떨어진 우리 집 꽃씨에서 연보라 양귀비는 일곱 송이쯤 피었는데 빨간 양귀비는 딱 한 송이 피었다.

원예 선진국인 영국의 규정을 살펴보았더니 양귀비는 꽃으로 키우는 것은 자유이고, 아편을 만들고자 한다면 자격증을 갖춰야 한다고 되어 있다. 양귀비꽃을 키운다는 이유만으로 선량한 시민을 범죄자 취급부터 하는 규정은 없다. 그러니 우리나라도 빨리 검찰청 지침으로 수사당국이 내부적으로만 공유할 것이 아니라 공개적으로 밝혀서, 떳떳이 꽃으로 키울 수 있게 해 주길 바란다. 요 몇 년 사이에 미국은 8개 주가, 캐나다는 전역이 마리화나의 이용을 합법화했다. 이 합법화 과정에는 대마를 몇 포기 키울 수 있다는 규정까지 들어 있다. 양귀비를 키우는 것도 이와 같은 사례를 따르면 되지 않을까.

올바른 일이라면 우리나라가 가장 먼저 하면 더 좋겠지만, 그게 안 된다면 적어도 원예 선진국이 하는 규정을 따르는 일이라도 해 주었으면 좋겠다. 원예를 하는 사람은 오래 살고 싶어서 마약은 절대 하지 않는다는 걸 내가 장담한다.

우단부인 혹은 마담벨벳

나는 어려서부터 할미꽃이 좋았다. 솜털이 덮인 자주색의 도톰한 꽃잎은 단정하고 기품이 있다. 할머니 하면 연상되는 약한 인상과는 거리가 멀다. 할머니처럼 등이 굽어서 이런 이름이 붙었다고 하는데 노인이라고 다 등이 굽는 것은 아니다. 여성들은 폐경기가 지나면 칼슘이 숭숭 빠져나가는데 보충을 해 주지 않으면 등이 굽기 쉽다. 그냥 나이 든 것이 아니라 영양 보충을 제때 못 받은 측은한 노인이 할미꽃의 작명 모델이다.

할미꽃은 고개를 숙이고 있지만 영양이 부실한 인상을 주진 않는다. 톡톡하게 두터운 꽃잎은 물론이고 솜털에 덮여 나와서는 무성하게 갈라지는 커다란 잎까지, 삼시세끼 다 먹고 오후 두시 반이면 집사를 불러 홍차와 케이크까지 먹는 귀부인의 인상이다. 우단부인이나 마담벨벳쯤이 적당한 이름이지 싶다.

우리나라 전설에서 할미꽃은 집에서 구박받고 딸네 집을 찾아가다가 기운이 빠져 산길에 숨진 할머니 무덤가에서 피어났다고 한다. 할미꽃이 무덤가에서 잘 피니까 죽음과 노쇠를 연상한 것이다. 영국

에서도 할미꽃은 무덤자리에서 많이 피기 때문에 '로마인과 덴마크인의 피를 먹고 자란다'는 전설이 있다. 할미꽃이 칼슘이 많은 토양을 좋아해서 무덤 자리에서 자라는 것은 똑같은데 영국은 지쳐 죽은 할머니를 연상한 것이 아니라, 영국을 침략한 로마인과 바이킹의 피라도 먹어 버리겠다는 혈기왕성한 생명체를 연상했다.

우리나라에서도 할미꽃의 이미지는 신라시대까지 위엄 있는 노인이었다. 설총의 소설 『화왕계』에 나온다. 장미꽃의 미색에 홀리는 왕에게 할미꽃이 나타나 충신을 아끼라고 권유한다는 내용이다. 이 소설의 번역본을 볼 때마다 웃음이 난다. 한문으로 쓴 소설을 한글로 옮기면서 그 이미지가 완전히 달라졌기 때문이다.

원래 할미꽃의 한자 이름은 백두옹白頭翁, 흰머리 할아버지이다. 할미꽃은 꽃이 지고 나면 하얀 솜털 모양으로 씨가 맺히기 때문에 이런 이름이 붙었다. 설총의 원작은 장미꽃으로 비유되는 여성 비빈들에게 끌리지 말고 남성 신하들과 협력하자는 뜻인데, 번역본으로 오면 젊은 미색에 끌리지 말고 노쇠해 보이는 이의 지혜를 믿으라는 이야기가 된다. 외척을 배제하고 설총 자신이 포함된 신하집단에게 힘을 실어 달라는 정치소설인데 번역되면 그나마 약간은 철학적인 이야기가 된다고나 할까? 하지만 원작자의 의도는 이게 아니기 때문에 읽을 때마다 곤란한 느낌이다. 게다가 내용이 짧고 단순하다 보니 곧잘 아동용 그림책으로 번역되어서 저자 의도와는 엉뚱한 길로 가고 있다. 나는 정치적인 책을 철학적으로 읽는 데에 반대한다.

우리 집 할미꽃은 10년 전에 식물동호인 모임에서 씨를 얻어다가 심었다. 집주소를 쓴 반송용 편지봉투를 보내면 씨앗을 나눠 주던 시절이었다. 참깨알보다도 작은 씨를 땅에 얕은 금을 그어 묻고 매일 물을 뿌려 줬더니 보름 만에 싹이 텄다. 첫해에는 잎만 열심히 자라더니 이듬해에 꽃이 피어서는 매년 지치지 않고 핀다. 우리 집 마당에도 칼슘은 모자람이 없는지 꽃이 잘 자라서 어떤 이들은 이렇게 키가 크고 우아한 꽃이 할미꽃이 맞냐고 묻기도 한다. 영양이 잘 공급되면 모든 생물은 훨씬 더 아름답다. 심지어 비가 많이 오고 난 다음 날이면 할미꽃은 허리를 쭉 펴고 꼿꼿이 선다.

내가 할미꽃을 좋아한다는 걸 아는 주변에서는 노란 할미꽃이나 흰 할미꽃, 분홍인 동강할미꽃을 권한다. 구해 줄 테니 받으라는 지인까지 나섰다. 나는 단호하게 거절했다. 내가 좋아하는 꽃은 오직 저 자주의 진한 토종 할미꽃뿐이다. 그거 아는가. 전 세계에 할미꽃 30여 종 가운데 오직 이 자주색 할미꽃만이 한국할미꽃Pulsatilla koreana이라는 사실.

참당귀꽃을
찾아서

9월 어느 날 소파에 누워 텔레비전을 보는데 꽃이 나왔다. 자연에 살고 있다는 이가 인터뷰 도중에 버럭 하고 자기를 찍는 카메라맨을 나무란다. 식물을 밟고 있으니 조심하라고. 그래서 화면에 비친 꽃이 기막히게 아름다운 자주색이었다. 참당귀꽃이라고 했다.

어쭈? 벌떡 일어나 참당귀꽃을 구글링했다. 2미터가 넘게도 자라는 이 식물의 정식 명칭은 거인당귀Angelica gigas이지만 외국에서 흔히 부르는 이름은 자주당귀Purple Angelica, 또는 한국당귀Korean Angelica이다. 중국당귀Angelica sinensis와 일본당귀Angelica japonica는 물론 전 세계에서 자라는 당귀 종류 22종 가운데 자주색 꽃은 참당귀뿐이다. 엇, 이건 반드시 심어 줘야 돼, 하면서 나는 당장에 참당귀꽃을 주문할 곳을 찾았다.

참당귀꽃이 피었다는 블로그 글을 올린 서울 도봉구의 농장이 나왔다. 게시판에 참당귀 모종을 사고 싶다고 적었다. 즉시 답글이 달렸다. 내년 봄에나 살 수 있다고 했다. 참당귀 모종 판매로 다시 구글링을 했다. 참당귀 모종을 판다는 충남의 농장이름이 있었다. 전화를 했다. 역시 내년 봄에나 모종을 판다고 했다.

여기서 멈추면 열혈 원예가가 아니다. 참당귀꽃 사진을 올린 글마다 찾아본다. 강원도 인제의 아침가리 마을에 귀농한 여자분의 블로그까지 갔다. 전화번호를 찾아서 문자를 넣었다. 시간을 보니 밤 10시 반이 넘었다. 늦은 밤에 죄송합니다만 참당귀꽃을 보고 싶어서 정원에 키우려고 하니 참당귀 모종이 있으면 팔아 달라고 간곡하게 부탁을 넣었다.

다음 날 아침이 되어도 연락이 없다. 문자를 받은 건지 기약도 없다. 전화번호를 저장하니 카톡 이름이 뜬다. 옳거니, 부딪쳐 보는 거야. 이건 적어도 봤는지는 확인할 수 있으니 말이다.

"어젯밤에 참당귀를 살 수 없나 문자 드렸는데요" "내년에 꽃을 볼 수 있는 포기를 원하고요. 여기는 서울입니다. 전화번호는 블로그에서 봤습니다" 이렇게 사생활 침해할 뜻은 없다는 것까지 밝히고 부탁을 했다.

두 시간 뒤쯤에나 대답이 날아왔는데 이분 대답이 암호문 같았다. "내년에 꽃필 확률이 낮습니다" "모종으로 1년 키우고 그 모종을 이식하고 1년 내 수확해요" "그다음 해엔 꽃필 확률이 높습니다" "결론적으로 올해 모종한 저희 참당귀는 내후년에 꽃이 필 확률이 높아진답니다" "무슨 이야기인 줄 이해 가시지요? 참당귀는 뿌리 약재 쓰기 위함이 목적이지 꽃을 보는 게 목적이 아니랍니다" "3년 피워도 꽃이 필지 안 필지는 아무도 모릅니다. 다만 꽃필 확률이 높다는 것이고 꽃이 피면 씨앗을 맺고 죽습니다. 다시 순이 안 올라옵니다."

한마디로 씨앗 심고 3년째 되면 꽃이 필 수 있는 거니까 2년생을 팔면 되는데 설명이 길다. 참당귀는 꽃이 피고 나면 죽는데 그걸 왜 찾느냐는 식이다. 나는 꽃을 보려고 참당귀를 찾는 것이라고 한참을 설명하니, 그제야 꽃을 보기 위해 참당귀를 찾는 사람은 없어서 말이 길어졌다며 지금 하고 있는 잣 따는 일이 끝나면 모종을 보내 주겠다고 했다. 대충 2만 원어치를 사겠다니까 밀식하여 막 싹을 틔운 것을 30포기 넘게 보내 주겠다 했다. 막 싹이 난 것이면 내년에 꽃을 못 보지 않냐고 꽃 피는 걸 10포기를 받는 게 낫겠다고 했더니, 그럼 서리 내린 다음에나 산에 가서 큰 걸 캐 주겠단다. 고민하다가 그냥 30포기 모종을 달라고 했다.

주문을 마치고도 나는 참당귀꽃의 아름다움에서 헤어 나오지 못하고 시간만 나면 참당귀 꽃이 핀 글을 찾아 읽었다. '참당귀 꽃필 확률' '참당귀 재배요령' 이런 것도 찾아보았다. 여러 농장부터 지방 도청, 한국임업진흥원, 약재 동호인모임 등에서 써 놓은 글을 보니 참당귀는 약재로 쓰는 용도 덕분에 재배법이 토종식물로는 더 이상 잘할 수 없이 상세했다. 씨앗을 얼렸다가 심으라는 둥 우리나라에서 유일하게 영어사이트보다 파종비법이 확실한 것이 참당귀였다.

참당귀는 2년째나 3년째가 되면 꽃이 피는데 꽃이 피고 나면 뿌리가 단단해져서 약재로서 가치를 상실한다고 했다. 그래서 약재로 키우는 곳마다 어떻게 하면 꽃이 덜 피게 할 것이냐를 연구하느라 연구가 도저했다. 강원도처럼 추운 곳에서는 꽃이 덜 피지만 경상도처럼 따뜻한 곳에서는 꽃이 많이 피는 게 문제라느니, 꽃은 질소 영양소가 풍부하고 햇볕이 많이 쬐는 곳에서 더 잘 피우니 주의하라느니, 꽃씨를 받아서 모종을 내기 때문에 점점 더 꽃이 잘 피는 개체가 선택받아 꽃이 더 잘 피는 게 문제니 그걸 극복한 신품종을 심으라는 권고도 있었다. 재래종 참당귀를 산다면 꽃이 잘 피는 종으로 개량되어 왔다는 말이니 꽃 보자는 나로서는 이보다 좋은 소식이 없었다. 참당귀 잘 키우는 법을 거꾸로 돌리면 꽃을 잘 피우는 법이 되었다. 더구나 경상도에서 꽃이 잘 핀다니 내처 영주에 비어 있는 집에 가서 놀고 있는 땅에 참당귀 꽃농사를 지어도 되겠다 싶었다. 재래종 참당귀를 경상도에서 산다면 꽃이 필 확률이 높다는 것일까 알고 싶었지만 일단 강원도에 주문했으니 기다리기로 했다.

사업구상이 취미인 나는 일단 꽃을 주문하고는 사업구상에 빠져들었다. 이 꽃은 매우 아름다우니 부케용으로 손색이 없다. 향기도 좋단다. 그 뜻은 더 좋다. 당귀는 한자어다. '당연히 돌아온다'는 뜻이다. 중국에서는 여인들이 멀리 떠나는 남편에게 당귀를 주었다고 한다. 당귀의 약효가 사람을 살리는 것이어서 힘든 어디를 가든 이걸 먹고 돌아오라는 뜻이라고 한다. 그래서 중국에서는 참당귀꽃을 프러포즈할 때 쓴다고 한다. 당귀가 사람을 불러 모으는 주술적인 꽃이라고 생각했다.

참당귀 자체는 여성에게 특히 좋은 약재이다. 조혈작용을 하기 때문에 생리로 피를 많이 소모하는 여성의 모든 부인병에 특효인 약으로 나와 있다. 서양식 이름은 또 어떤가. 안젤리카, 천사 같은 여인이란 뜻이다.

'일단 한국에서 부케용 꽃으로 성공한 후 해외로 이 숙근을 팔아야지. 메이양이 부럽지 않은 원예회사가 되어 보는 거야.' 메이양은 프랑스의 세계적인 장미 육종 회사이다. 모종 30포기를 사서 거대한 식물기업을 일굴 꿈에 부풀어 있다가 외국의 사이트를 검색해 보았다. 영국의 왕립원예협회Royal Horicultural Society에서 보니 참당귀는 이미 한 포기에 6.99파운드 이상에 팔리고 있었다. 파운드화의 가치가 많이 떨어졌는데도 1만원 가까이 되는 가격이다. 공급업자도 54군데나 되었다. 이미 참당귀는 세계인이 즐기는 원예화초였다.

영국인 원예업자의 개인 사이트를 가 보니 참당귀는 2월 말에 판매하는데 1센티 너비에 9센티로 자란 것은 6.95파운드였지만, 3센티 너비에 9센티로 자란 것은 18.95파운드였다. 한 포기 가격이 2만 7천원! 이듬해에나 꽃피울까 말까 한 1년차 모종 가격이 그렇다. 한국이 얼마나 참당귀의 천국인지 짐작할 수 있을 것이다.

미국과 영국의 토질이 더 좋아서인지는 모르나 꽃의 크기는 외국 사이트에서 압도적이었다. 참당귀 자체가 2.5미터까지 자란다고 쓴 곳도 있고 당연히 마당 제일 뒷줄에 심기를 권했다. 꽃도 얼마나 큰지 벌은 물론 새들까지 찾아든다고 써 있었다.

참당귀로 다국적 원예기업이 될 꿈은 포기하는 대신 몇 가지 사실을 더 알게 되었다. 참당귀씨는 광발아를 한다. 땅에 묻지 말고 햇볕에 노출시켜야 한다. 직파하고 추위를 겪어야 싹이 튼다. 또 서양 사이트에서는 '꽃이 피면 가지를 쳐 주라'고 되어 있다. 일단 영국의 왕립원예협회에서도 참당귀가 2~5년 정도의 수명이 짧은 숙근초라고

는 적어 놓았다. 그러나 꽃이 피면 죽는다는 내용은 없었다. 꽃이 피면 씨앗을 기다리지 않고 바로 잘라 주었을 때 계속 살 수도 있다는 뜻이다. 실제로 미국 메인주에 사는 사람이 쓴 경험담에는 꽃이 피고 바로 꽃대를 따 주면 이듬해에도 모주가 살아난다고 했다. 씨앗으로 영양을 다 빼앗기면 뿌리가 바싹 말라 버려 죽는 것이 아닐까 싶다. 아, 얼마나 모성의 상징다운 식물인가.

인심 좋은 강원도의 농부는 굵직한 2, 3년생을 많이 넣어서 30포기를 보내 주었다. 친구에게 3포기를 주고 27포기를 심었는데 모두 싹이 났다. 그중 하나가 내 키만큼 자라 꽃을 피웠는데 자주색 꽃도 예쁘지만 사이사이 꿀이 나와서 햇볕에 다이아몬드처럼 반짝였다. 그러나 꽃향기는 한약방에서 나는 냄새였다. 나는 이 향기를 좋아하지만 과연 신부가 한약 냄새를 풍기며 부케를 들고 가는 게 인기가 있을까? 에라, 이 마당에서나 길고 오래 잘 피어라.

'초콜릿'의 비밀

원래는 '초콜릿'의 진짜 이름을 찾으려고 시작한 일이 아니었다. 초콜릿향이 나서 내가 초콜릿이라고 부르는 노란색 독일붓꽃은 원예상품 목록에서는 찾기가 힘들었다. 칼 모양으로 통통하게 솟은 잎도 그렇고 솟은 꽃잎이 돔을 이루고 늘어진 꽃잎에는 수염이 달려서 독일수염붓꽃bearded german iris 계열은 분명한데, 국내외 원예농장에서도 외국 붓꽃 전문 사이트에서도 이런 독일붓꽃을 찾기 힘들었다.

독일수염붓꽃은 꽃이 크고 색깔이 다양해서 붓꽃 종류 중에서는 가장 대중화된 원예품종이다. 키우기도 쉬워서 꽃을 가꾼다는 사람이라면 어느 나라 마당에나 하나쯤 있는 그런 품목이다. 그런데도 이 붓꽃 사진은 잘 나오지 않았다.

2008년에 유심슈퍼 할머니의 공터에서 열 포기 정도가 왔는데 몇 년 만에 응접실 쪽 베란다 한 기둥과 앞마당 언덕 옆을 다 채우고 뒷마당으로 나가서는 거기서도 빽빽이 불어났다. 사이사이 아는 이들에게 부지런히 나눠 주었는데도 그랬다. 나는 언제나 보라색 독일붓꽃을 갖고 싶어서 우리 집에는 넘쳐 나는 노란색과 좀 바꿀 수 없을까를 궁리했다. 우리 집 붓꽃이 잘 불어나니 남의 집 보라색 독일붓꽃도 그렇겠다 싶었다. 이 집을 소개해 준 공인중개사는 자기 집 보라색 독일붓꽃을 자랑했지만 남한테 줄 만큼 많지 않다고 했고, 경기도 전원주택에 사는 신문사 선배는 주마고 했지만 언제 줄지 모르고 요즘은 모임에도 잘 안 나왔다.

우리 동네에서 효자동으로 내려가는 직선 길에 벽산빌라라는, 제법 큰 저층 아파트촌이 있다. 거기 정원을 경비원분들이 남다르게 가꾸고 있었다. 거기에 보라색 독일붓꽃이 많았다. 작년 봄에 가서 독일붓꽃이랑 우리 집 노란색 붓꽃이랑 바꿀 수 있겠냐고 했더니 시큰둥해했다. 우리 집 꽃을 못 보아서 그런가 보다 하고 올봄에는 꽃을 한 송이 꺾어서 가방에 넣고 갔다.

보라색 독일붓꽃이 밀집한 동의 경비실로 다가가는데 창문은 열어 놓고 방충망 안에 앉아 있던 경비분이 "뭐요?" 하고 언짢은 목소리를 낸다. "아니, 제가 무슨 나쁜 짓을 했다고 그렇게 불쾌하게 대하시는 건가요?" 했더니 그제야 미안스런 표정으로 문을 열고 나오면서 "여기 있으니 그렇게 되네요" 한다.

우리 집에 이런 노란 붓꽃이 피는데 혹시 여기 것과 좀 바꿀 수 없냐고 말을 꺼냈다. 여기 것은 한두 포기만 주셔도 저희 집 것은 다섯 포기 열 포기를 드리겠다고 했다. 경비원분은 그럴 것 없이 그냥 향나무 아래쪽, 세 포기로 되어 있는 한 무더기를 파 가라고 꽃삽을 주었다. 가운데 포기에서는 꽃망울이 올라오고 있었다. 집에 와서 뒷마당의 노란색 붓꽃 더미 뒤로 심었다.

땡볕에 얻어 온 것이 어려움 없이 살아나 줘서 고마운 것은 잠시, 이놈의 꽃대가 올라올 때부터 수상쩍더니 우리 집 것과 똑같은 노란색 꽃을 피웠다.

붓꽃의 색깔 변화에 대해 한국말로 검색을 해 보았지만 사례가 없었다. 영어로 찾아보니 몇 건의 상담사례에 대한 답, 혹은 그런 상담을 받았노라는 글이 몇 편 있었다. 그런데 전문가들로 추정되는 필자들은 한결같이 붓꽃은 색깔이 변할 리 없다고 답하고 있었다. 작년에 심은 위치를 착각하고 있거나, 그 자리에 예전에 심었던 다른 색깔이 살아난 걸로 보인다는 둥 질문을 사실로 받아들이지 않았다. 질문자들이 꽃을 키우는 이들인데 그런 걸 착각할 리가 없다. 꽃 키우는 이들은 매년 어디서 어떤 꽃이 얼마만큼 피는지를 꼼꼼히 기억하는 이들이다. 대답하는 사람이 그럴 리 없다니까 더 이상 묻지 않았을 뿐이지 이건 분명 실재하는 현상이었다.

포기하지 않고 다시 물었던 사람도 있었던지 데이비드 트로이어라는 전문가는 이런 정황을 글로 써 놓았다. "내가 정말 자주 받는 질문이 독일붓꽃은 색이 변하냐는 것이다. 몇 년 전에는 붓꽃 정원에 있는데 부부가 찾아와 같은 질문을 했다. 나는 붓꽃은 색깔이 바뀌지 않는다고 답했다. 그런데 부부는 또 찾아왔다. 내가 붓꽃은 색깔이 변하지 않는다고 설명을 하자 남자 쪽이 정말 화를 내면서 나한테 소리쳤다. '뭔 일이 일어났는지는 내가 아니까 나한테 붓꽃이 색깔이 변하지 않는다고는 말하지 말아요. 색깔이 변했으니까요!'"

그런데도 트로이어는 붓꽃의 색깔은 변하지 않는다면서 토양이

나 비료 같은 것으로 색깔의 강도가 차이 날 수는 있어도 그 색깔의 범주라고만 말했다. 그러면서 100년 동안 독일붓꽃을 키워 온 사람들도 그런 사례를 보지 못했고 자기도 50년을 키웠지만 그런 사례를 보지 못했다고 했다. 그렇다면 색깔이 바뀌었다고 그렇게 많이 질문을 받는 이유는 무엇일까는 조금도 생각해 보지 않는 모양이었다. 질문으로 올라온 것은 보라색이 연보라색이나 흰색에 가깝게 바뀌었다는 것이지, 보라색이 보색인 노랑색으로 바뀐 사례는 없었다.

일단 바뀌지 않는다는 전문가들의 말은 무시하기로 했다. 사례의 축적으로 확인된 다수설만을 신봉하는 전문가들은 정작 특이한 사례가 새로 등장했을 때 인정할 줄 모르기는 한국이나 외국이나 매한가지였다. 작년에 심은 것도 아니고, 보라색 꽃대가 올라오는 것을 보고 얻어 온 꽃이 노란색으로 바뀐 것은 내가 올봄에 직접 겪은, 절대 바뀔 수 없는 사실이다.

다시 맹렬한 검색을 해 본 결과 알게 된 건 색깔변이의 이유가 아니라 이 노란 붓꽃의 이름이었다. 이 붓꽃은 '라자raja'라는 이름의 원예종 독일수염붓꽃이 맞았다. 마툴라matula와 가든매직garden magic을 모주로 1944년에 탄생해서, 1946년에 미국붓꽃협회에서 장려상을 받았다. 이 꽃을 모주로 다시 6종의 새로운 붓꽃이 태어났다. '라자'는 산스크리트어로 군주라는 뜻이니 노란 예복을 차려입은 인도의 군주를 연상하며 지은 이름일 것이다. 만일 우리 집에서처럼 다른 붓꽃의 색깔마저 삼켜 버리는 강렬한 노란색이라는 것을 알았다면, 아마도 이 꽃을 만든 사람은 이름을 라자가 아니라 태양신 '라'로 지었

을지도 모르겠다.

오랜 검색 끝에 초콜릿의 진짜 이름과 더불어 왜 우리 집에서는 이 붓꽃이 그렇게 잘 불어났는지도 알게 됐다. 독일수염붓꽃은 원래도 생육이 왕성하지만 2년마다 갈라 주거나 자리를 옮겨 주어야 더 무성해진다고 했다. 그러니까 내가 계속 퍼 준 덕분에 이들은 더욱더 잘 자랐던 것이다. 우리 집 모란도 남들한테 퍼 주는 곳이 더 많이 불어난다.

그러니까 이 사람들아 퍼 주라고. 꽁꽁 싸매고 아끼기만 하니까 안 불어나는 거야.

꽃 구하는 사람의 심정

동네 산보를 하는데 어느 집 담장 위로 라일락꽃이 무척이나 아름답다. 남색에 가까운 보라색에 꽃차례가 20센티 가깝게 컸으며, 자잘한 꽃이 솜털처럼 보여서 처음에는 물푸레나무 중에 색깔 있는 꽃이 있나 생각했다. 집에 와서 그런 꽃을 찾아보았지만 찾을 수 없었다. 원주 친구는 솜털 같은 꽃이라면 안개나무일 수도 있다고 했는데 잎은 라일락이 확실했다. 하지만 국내외 모든 라일락을 다 뒤져도 그런 꽃은 나오지 않았다. 살 수 없다면 그 집에서 얻는 것 말고는 방법이 없었다.

나는 엽서를 썼다. 정원 디자이너 황지해 씨가 보내 준 엽서책에서 꽃이 핀 정경을 골랐다. 이렇게 썼다. "불쑥 결례겠습니다만 저는 백석동길 ○○에 사는 이웃입니다. 댁을 지나다가 멋진 물푸레나무에 반했습니다. (라일락인가요?) 저도 한 그루 사고 싶어서 국내외 모든 사이트를 뒤졌지만 그처럼 예쁜 꽃은 찾을 수 없었습니다. 혹시 나무 아래에 돋아나는 새 촉이나 꺾꽂이를 할 수 있는 가지를 하나 얻을 수 있을는지요? 사야 한다면 사고 싶습니다. 연락 부탁드립니다." 그리고 전화번호를 적었다.

저녁밥을 먹으면서 식구들한테 이야기를 했더니 안 될 거라는 반응이었다. 아들은 그런 엽서 받으면 황당할 것 같다고, 괜히 우스운 사람 되지 말라는 의견까지 냈다. 그렇게도 내 생각이 이상한 건가 잠시 주춤했지만 나라면 싫지 않을 것 같아서 금요일 저녁 그 집 우체통에 엽서를 넣었다.

일요일 밤에 낯선 전화가 왔다. 고상한 목소리의 중년 여성이었다. "라일락 가지 얻고 싶다고 엽서 보내셨지요?" "네, 네, 네!" 주말에 어딘가를 갔다가 일요일 밤에 귀가해서는 엽서를 보자 곧바로 연락을 한 모양이었다. "라일락이 너무 예뻐서 제가 결례를 무릅쓰고 그런 짓을 했습니다" 했더니 "나도 꽃나무 얻어 보고 싶어 해서 알아요" 한다.

그는 나무 아래 새 촉이 나와 있는지는 모르겠어서 내일 아침 찾아보겠지만 가지는 언제라도 줄 수 있다고 했다. 다음 날 아침에 새 촉이 나와 있는지를 보고 연락하겠다고 했다. 월요일 아침 일찍 연락이 왔다. 마당은 발 디딜 틈 없이 꽉 차 있어서 새 촉은 보이질 않고, 있다고 해도 그걸 캐다가 다른 식물이 다칠 것 같아서 늦가을에 풀이 다 지고야 찾을 수 있겠다면서 역시 가지를 잘라 주겠다고 했다. 오전 11시까지 집으로 오라고 했다.

"삽목은 새로 난 푸른 가지라야 해서 아직 푸른 가지가 덜 났을 텐데요. 장마쯤에 하면 삽목이 잘 되니까 그때 갈게요" 그랬더니 "내일모레 비 온다잖아요" 한다. 비 오는 날까지 다 꿰고 있는 게 틀림없는 원예가다. 원예가들은 다른 날은 몰라도 비 온다는 예보는 꼭 기억해 둔다.

전날 통화에 그 집은 햇볕이 별로 없다고 해서 라일락 가지에 대한 답례로 우리 집에서는 노루오줌을 들고 갈까 하고 물었다. 어떤 색이냐고 묻는다. 마당이 귀해서 준다고 다 덥석 받지 않는 것도 나와 같았다. 분홍색과 보라색의 중간인 토종 노루오줌이라니까 합격이다.

그 댁은 우리 집보다 아래쪽에 있어서 가는 길은 잰 걸음으로 5분이었다. 벨소리에 나온 이는 나보다 대여섯 살쯤 위로 보이는 부인으로 우리는 만나자마자 서로 "푸하" 하고 웃음부터 터뜨렸다. '네가 하는 짓 나도 다 알아' 이런 느낌?

그 집 마당은 정말 디딤돌을 빼고는 발 디딜 틈이 없이 온갖 풀과 나무로 덮여 있었다. 이렇게 촉촉한 땅이니 라일락이 그렇게 예쁘게 폈던 모양이다. 어쩜 이렇게 다양하게 키우시냐고 했더니 지인의 친구가 평창동에 이것보다 더 빽빽하게 야생화를 키우고 있어서 케이크까지 사 갖고 갔는데 한 포기를 안 주더라는 경험담을 이야기한다. 그래서 내 엽서에 마음이 동할 수 있었던 모양이다.

부인은 넘쳐서 캐려고 한다며 이것도 가져가라, 저것도 가져가라 계속 권해서 계속 손사래를 치고 라일락 가지만 받아 왔다.

엉투기 –
엉겅퀴 구하기 투쟁기

거의 30년 넘어서 다시 만난 중학교 동창들은 내가 경순이라는 친구를 기억하지 못한다고 하자 이해를 하지 못했다.

"경순이 선도부장이었잖아. 맨날 교문 앞에서 지각생 잡았는데 어떻게 모를 수가 있어?"

친구들이 입을 모았다.

아하! 이제야 친구들은 다 기억하는 경순이를 나는 기억을 못하는 이유를 알았다. 나는 거의 매일 지각을 했다. 큰 교문이 닫히고 작은 교문 앞에서 선도부장과 학생부장 선생님이 지각을 잡아내는 그 시간에도 도착하지 않는 완전 지각을 했다. 내가 학교에 도착했을 무렵에는 교문은 굳게 닫혀 있어서 나는 학교 옆 산으로 이어진 철조망 사이 개구멍으로 학교에 들어가는 날이 많았다. 그러니까 지각생으로 유명한 나는 선도부장을 알 것이라고 친구들은 생각했고, 선도부장과 마주칠 일이 거의 없었던 나는 경순이를 기억하지 못했다. 다행히도 경순이는 나를 기억하고 있었다.

조경기사인 경순이는 대기업 임원을 하다 퇴직한 남편과 함께 강원도 영월에 들어가 살고 있었다. 산을 하나 사서 아래쪽에 집을 짓고 야생화는 별별 것을 다 심어 둔 모양이었다.

우리 집에 와서 마당 구경을 하더니 초롱꽃도 좋은데, 벌개미취도 좋은데, 도라지도 좋은데, 하고 자기가 드넓은 땅에 키우는 식물들을 읊어 댔다. 식물 키우는 이들끼리 뭐가 좋다고 권하는 것은 준다는 말이다. 나는 다 필요 없고 용담과 엉겅퀴나 있으면 보내 달라고 했다. 나는 그 무렵 엉겅퀴에 꽂혀 있었는데 파는 곳이 없었다.

전북 진안 마이산으로 여름휴가를 갔을 때 암마이산에서 수마이산으로 넘어가는 길에서 내 가슴까지 오는 엉겅퀴를 만났다. 무청처럼 싱싱한 청록색 이파리는 거칠게 사방으로 뻗어 있었고 자주색 꽃은 선명했다. 씨방을 따 와서 마당에 뿌렸지만 엉겅퀴는 돋아나지 않았다. 그다음부터 엉겅퀴를 파는 곳을 찾았지만 찾을 수가 없던 참이었다. 지금은 전북 임실에서 가시엉겅퀴를 특산물로 테마공원까지 만들어 놓았다지만 그때는 널리 알려지지 않았다.

고운 꽃 다 놔두고 그런 걸 뭐하러 심느냐고 타박하던 친구는 봄에 자작나무 수액을 보내면서 손가락만 한 엉겅퀴 어린놈을 한 포기 비닐포장재로 돌돌 말아 보냈다. 첫해에는 억센 잎이 전혀 올라오지 않더니 두 해가 되어 엉겅퀴 꽃이 한 송이 피었다. 네 해째에야 꽃가지가 양 옆으로 나무처럼 뻗으면서 가지마다 선명한 자주색 꽃이 많이 피었다. 벌들도 아주 좋아했다.

꽃이 지더니 묵은 풀 주변에서 새로운 포기가 네 개나 돋아났다. 무청처럼 싱싱한 잎은 어찌나 억센지 지나다가 발목에 쓸릴 때면 몹

시 아프다. 프랑스의 정탐꾼이 스코틀랜드에 잠입했다가 엉겅퀴 가시에 찔리는 바람에 비명을 질러서 나라를 구한 꽃이라고 스코틀랜드의 나라꽃이 됐다.

몇 년 전 8월에 가족휴가를 일본 홋카이도로 갔을 때 다른 이들은 전부 삿포로 맥주박물관으로 가고 나 혼자 홋카이도 대학 식물원을 갔다. 북위 43도, 북한보다도 더 북쪽에 있는 삿포로에는 한국에서는 볼 수 없는 식물이 많았다. 홋카이도 대학의 식물원에서는 설립자가 애써 조성한 라일락 군락지가 제일 유명하지만, 추운 고산지역에서 사는 히말라야양귀비도 자랑이라고 했다. 물론 내가 간 날은 라일락도 히말라야양귀비도 제철은 아니었다.

대신 거기에 엉겅퀴가 있었다. 도로변이나 들판에서 흔히 보는 엉겅퀴는 없었고 어깨만큼 올라오고 연보라색 꽃이 피는 엉겅퀴와, 무릎 정도까지 올라오는데 꽃분홍색 꽃이 피는 엉겅퀴가 많았다. 연보라색 엉겅퀴는 너무 커서 우리 집 마당에는 어울리지 않을 것 같았고, 엎어져 있는 꽃분홍색 엉겅퀴에서 씨방을 하나 주워 담았다. 구경을 마치고 나오기 전 화장실에서 식물원 안내책자를 들여다보니 식물원에서 씨앗을 가져가는 것은 금지된 행위였다. 씨앗은 식물원의 소중한 자산이라고 했다. 약간 뜨끔했지만 '그럼 씨앗을 팔든지' '일본이 우리나라에서 수탈해 간 게 얼마인데' 같은 억지소리를 붙여가며 씨앗을 국내로 밀반입했다.

집에 와서 부엽토 화분에도 심고 마당에도 심고, 몇 알은 땅을 파서 심고 몇 알은 바닥에 흩뿌리기만 하는 등 내가 할 수 있는 온갖 조치를 다 했다. 그러나 싹은 하나도 나지 않았다. 기껏 한 국제적인 도둑질이 아무 쓸모가 없게 된 셈이다.

이듬해 여름에 잔디 사이로 풀이 하나 돋았는데 몇 장 안 난 잎이 힘이 없는 게 아무래도 홋카이도엉겅퀴 같았다. 바람에 떠돌던 씨가 잔디 사이에 걸려서 촉촉한 땅에 씨앗을 내렸나 싶어서 비 오는 날 삽으로 떠서 잔디가 없는 곳으로 옮겨 주었다. 다음 날부터 해가 쨍쨍 나니 잔디를 뜯어 위에 덮어 그늘을 만들어 주고 아침저녁으로 물을 주었다. 며칠간 정성을 들여 되살려 놓았더니 속에서 새잎이 많이 돋아났는데 아무래도 모양이 수상쩍었다. 정성스럽게 키운 만큼 방석만 하게 꽃을 피웠는데 모두 노란색이었다. 엉겅퀴가 아니라 고들빼기였다.

2월에 상트페테르부르크에 갔을 때 시장구경을 갔더니 꽃집이 있었다. 철이 철이라 꽃은 별로 없고 꽃씨가 잔뜩 있었다. 도서관의 열람식 카드처럼 꽂혀 있는 꽃씨들을 뒤지다 보니 엉겅퀴가 보여서 사 들고 왔다. 봉투를 열어 보니 민들레 씨 같은 우리 집 엉겅퀴 씨와 달리 납작한 동부콩 모양의 씨였다. 엉겅퀴 옆쪽으로 마당 흙을 조금 파고 심었더니 딱 두 알만 싹이 텄다. 떡잎 가운데로 초록 잎에 호랑이 줄무늬 모양의 하얀 줄이 어려서도 또렷했다. 봉투에 쓴 러시아어를 읽지 못했는데 인터넷으로 검색해 보니 밀크시슬로 불리는 종이었다. 몇 년 전부터는 약재로 활용하기 위해 우리나라에서도 키우는 식물이었다. 굳이 외국서 씨를 사 올 것도 없었다. 게다가 그늘에서 자라다가 크게 커 보지도 못하고 사라졌다. 지금 마당에는 선도부장

엉겅퀴만이 꿋꿋이 크고 있다.

선도부장 친구는 이런 말로 나를 다독였다. “야생화 씨앗은 흙 속에 숨어 있다가 습도나 온도가 맞으면 언젠가는 나더라. 기다려 봐.” 지각생의 장물인 홋카이도엉겅퀴 씨는 과연 선도부장 말을 따라 줄 것인지.

여름의 빛깔
수국

교토 청수사에서 수국을 봤다. 24색 알파 그림물감에 나오는 파랑색이었다. 쭉쭉 뻗은 침엽수 아래로 끝없이 이어진 수국의 파랑은 여기가 바로 일본이라고 소리치는 듯했다. 제주의 해안도로 수국 사진도 봤다. 이건 하늘색이었다. 사람 키만큼 높게 덤불을 이룬 수국은 위부터 아래까지 공모양 꽃송이가 흐드러지게 달려 있었다.

수국은 여름의 별세계이다. 비가 올 때는 비가 와서, 맑을 때는 맑아서 눈에 도드라지는 아름다움이다. 우리 집에는 세 가지 경로로 들어온 수국이 열 무더기 가까이 있다.

첫 번째 수국으로 우리 집 마당에 온 것은 8년 전 부암동의 옆동네인 신영동 꼭대기에 사는 사진작가 박종우 씨가 줬다. 꽃집에서 사다 심은 수국이 바로 그해만 꽃을 보이고, 매년 이파리만 무성하다며 잘 키울 수 있거들랑 가져다 심으라고 했다. 이건 이 동네 추위에서는 꽃눈이 죽는다는 뜻이다. 그 집보다 우리 집이 조금 낮은 데에 있고 이왕 수국을 사려던 참이라 좋다고 했더니 한 아름이나 되는 수국 여섯 무더기를 차로 실어다 주었다.

어디에 맞는지 몰라 앞마당과 옆마당에 나눠 심었더니 바람의 통로인 옆마당 것은 다 죽어 버렸고 앞마당의 세 포기만 살았다. 줄기는 매년 무성하게 새로 나와서 1미터 가까이 자랐지만 꽃은 피지 않았다. 포기할까 하다가 겨울에 인왕산 쪽 산보를 가는데 마른 꽃대가 달린 수국이 보였다. 이 동네에서 꽃이 피기도 하는가 다시 희망을 가졌다.

내가 수국에 꽂혔다니까 친구도 놀러 오면서 수국 화분을 들고 왔다. 수돗가에서 자라던 이 수국은 왕성한 생명력을 믿고 백목련나무 옆으로 옮겼더니 죽어 버렸다.

신영동 수국은 싸 주지는 않았지만 뿌리 위로 낙엽을 두툼하게 덮어 준 겨울을 보내고 드디어 꽃이 피었다. 파란색은 아니었고 붉은색 꽃이었으나 귀하기만 했다. 토양성분에 따라 꽃색깔이 바뀐다는데 붉은색은 붉은색대로 예뻐서 토양개량은 하지 않았다.

수국이 꽃이 피려면 먼저 잎 사이로 좁쌀 같은 연두색 꽃봉오리가 바글바글 올라온다. 좁쌀 같은 알갱이는 성냥알갱이가 되고 점점 커지더니, 마침내 색깔을 지니고 꽃봉오리 하나씩이 다 터져서 성냥통만 한 꽃이 달린다. 꽃은 꽤 오래 갔다. 가을이 되니 꽃은 말랐지만 떨어지지 않았다. 수국 잎은 붉은 단풍이 들어서 그것도 멋있었다. 이듬해 봄까지도 수국의 마른 꽃은 그대로 달려 있었다.

이 수국은 이제야 마당에 자리 잡았구나 싶어서 소홀히 하면 몇 년간 꽃 무소식이다. 겨울이 따뜻하면 그다음 해에는 꽃이 많이 피지만, 겨울이 따뜻해도 봄 가뭄이 심할 때 물을 안 주면 꽃눈이 말라 버

린다. 8년 동안 꽃을 본 것은 두 해이다.

재작년 여름에 시장을 간다고 부암동의 언덕 아래 마을인 청운동을 터벅터벅 걸어가는데 오래된 단독주택을 허물고 건물이 들어서고 있었다. 한쪽에서는 철근 골조가 바닥부터 올라와 있고 다른 쪽에서는 반쯤 파헤쳐진 오래된 정원의 돌계단 뒤쪽으로 하늘색 수국꽃이 한 무더기가 피어 있었다. 이 집 터는 담이 허물어져 안이 다 드러난 채로 작년에 지날 때도 황량하게 있었으니 줄기를 감싸서 겨울을 난 수국은 아니었다. 가까이 가서 들여다보니 우리 집 수국과는 다른 종인 듯했다. 일단 키가 더 컸고 잎색이 옅었다. 하늘색인 꽃송이도 훨씬 컸다. 이게 바로 추운 겨울 서울에서도 꽃을 피우는, 인왕산 쪽 자락에서 겨울에도 마른 꽃송이를 달고 있던 그 수국 종류가 분명했다.

나는 건물이 올라가는 쪽에 세워진 건설현장 입간판을 보고 건축주한테 전화를 했다. 혹시 정원을 다 파헤칠 양이라면 수국을 캐 가도 되겠냐고 물었다. 판다면 사겠다고 했다. 그랬더니 정원을 다시 조성할 때 수국은 쓸 예정이라고 했다.

그렇다면 저 모양의 수국을 꽃시장에서 사오자 싶었다. 그때가 7월이다. 수국의 제철은 7월이지만 한국의 꽃시장에서 수국은 봄에나 살 수 있다. 양주 화훼단지 전체에 일반 꽃을 파는 데에는 수국이 없었고, 야생화 파는 집 딱 한 곳에 하늘색 수국이 화분에 담겨 있었다. 꽤 비싼 값에 사 와서 파란 꽃을 보겠다고 쌀뜨물을 줬더니, 두 가지나 죽었지만 이듬해에는 무성해져서 연보라색 꽃을 피웠다.

작년 4월에 시장 가는 길에 다시 그 수국이 무성했던 공사현장을 지나게 됐다. 가림막은 사라지고 새 건물은 들어와서 마무리 작업 중인 모양인데 수국 잎이 무성한 그 옆에 공사자재를 잔뜩 쌓아놓아 수국 가지가 다 꺾이고 있었다. 팔기라도 하지 저게 뭔 짓이람 하고는 지나쳤다.

며칠 후 다시 그곳을 지날 일이 있었는데 공사자재도 사라졌고 수국도 없어졌다. 가까이 가서 보니 수국 자리에는 설악초를 듬성듬성 심어 놓았다. 자세히 보니 수국의 마른 줄기가 몇 개 남아 있었다. 뽑아 보니 뿌리가 살아 있었다. 세 뿌리를 캐서 집으로 왔다. 노간주나무 옆으로 묻고 매일 물을 주었더니 몇 포기가 싹이 났다.

재작년 겨울이 따뜻해서 작년에는 수국이 굉장히 많이 피었다. 내한성을 시험해 본다고 낙엽조차 덮어 주지 않은 양주꽃시장 수국은 물론이고 까탈스런 신영동 수국까지 풍성하게 피었다. 이렇다면 겹벚나무 옆을 수국으로 채우자고 신이 나서 나뭇가지를 잘라 꺾꽂이를 했더니 모두 뿌리를 내렸다. 그러나 가뭄 때문인지 올해 꽃이 피는 것은 양주꽃시장 수국뿐. 하지만 우리에게는 또 내년이 있다. 내년을 또 기다릴 이유가 있다는 것만큼 행복한 게 있을까.

장미에 대한 오해

우리 집 마당에는 장미를 심지 않으려고 했다. 약간의 결정장애가 있는 나로서는 수많은 장미 중에 뭘 데려올까 고르는 것부터 골치 아팠고, 20여 년 전 성북동의 단독주택에 살 때 장미가 몇 그루 있었는데 가지치기를 제대로 안 해 주면 꽃이 잘 안 피는 것 같았다. 정원 책을 들여다봐도 가지 쳐야 하는 곳을 그림까지 넣어서 설명하니 한마디로 기르기 까다로운 식물 같았다. 예쁘고도 기르기 쉬운 꽃이 얼마나 많은데 응석받이에게 내 시간을 쏟으랴, 장미를 생각하면 이 생각이 먼저 들었다.

생각이 바뀐 것은 스페인 여행에서였다. 건물뿐 아니라 정원이 아름답기로 소문난 알함브라 궁전을 갔을 때는 3월 중순이었다. 지중해성 기후 덕분에 서울보다는 꽃이 많이 피었지만 장미에게는 이른 봄이긴 거기도 마찬가지였다. 마침 알함브라 궁전에서는 봄단장을 하느라 입구부터 길 따라 심은 담장목의 묵은 가지를 정원사들이 쳐내고 있었다.

알함브라 정원의 측백나무 한 줄기를 기념으로 가져오고 싶어서 바삐 일하는 정원사에게 컨테이너 상자에 버려진 나무줄기를 하나 꺾어 가도 되냐고 물었다. 그는 하던 일을 멈추더니 컨테이너 상자의 커다란 줄기들을 들춰 제일 싱싱하고 모양이 좋은 줄기를 하나 찾아서는 전지용 가위로 예쁘게 잘라 주었다. 그것도 아주 공손하게 건네주었다. 어쩌면 스페인 사람들은 이리도 다정하단 말인가.

그렇게 다정하고 남의 부탁조차 온 정성을 들여서 들어주는 그들이 장미 가지치기를 허투루 할 리가 없다. 그런데 알함브라 정원의 장미들은 하나같이 무릎 아래의 높이에서 가지가 몽땅 잘려 있었다.

그제야 나는 알았다. 장미는 응석받이가 아니었다. 한국의 전문가들이 응석받이처럼 가르칠 뿐이었다. 장미는 새순이 날 여지를 남겨 놓고 묵은 가지를 쳐 주면 새로 가지가 돋고, 가지 끝에서 꽃봉오리가 맺히는 놈이었다. 그걸 여기를 쳐라, 저기를 쳐라, 각도를 몇 도를 쳐라, 어쩌라 저쩌라 하니까 나 같은 사람은 키우기도 전에 기함이 들었던 것이다. 생각해 보라. 정원식물로 인기가 있으려면 키우기 쉬워야 한다는 것은 육종의 기본이다. 장미가 전 세계의 정원에서 사랑받는 것을 보면 이걸 진작에 알아챘어야 했다.

물론 장미는 양분 있는 땅을 좋아한다. 모란도 작약도, 꽃이 화려한 식물은 다 그렇다. 토양이 척박하면 꽃이 잘 피지 않는다. 땅에 있는 양분은 자기가 다 먹어야 되기 때문에 잔디가 장미 심어진 땅을 침범하는 것은 금기로 친다. 매년 퇴비를 잘해 주어야 꽃이 풍성하게 핀다. 햇볕을 좋아하고 물도 주기적으로 줘야 한다. 그늘에서도 가뭄에도 잘 자라는 모란 작약보다는 확실히 까다롭다고도 할 수 있다.

그러나 가치지기로 말하자면 까다로운 법칙이 있는 게 아니라 꽃이 핀 가지를 잘라 주면 되는 거였다. 줄기와 잎 사이가 새 줄기가 돋아나는 장소인데 이렇게 새순이 돋을 여지를 남겨 두고 줄기를 쳐 주면 된다. 묵은 줄기를 잘 쳐 줘야 새 줄기가 더욱 풍성하게 돋아난다.

그해 10월과 11월에 다섯 종류 여섯 그루를 심었다. 모두 덩굴장미로 골랐다. 그중에 종로 5가의 꽃시장으로 차를 몰고 가서 모셔 온 노란 장미는 10월에 심었는데도 죽어 버렸고, 11월에 인터넷으로 구매한 네 종류 다섯 그루는 도장지가 엄청 뻗어 나서 제법 자리를 잡았다. 세 종류는 꽃도 피었다.

장미는 육종한 원종의 성질에 따라 추위에 견디는 정도와 향기, 꽃 피는 시기가 조금씩 다르다. 5월부터 꽃이 피기 시작하는 것은 마찬가지인데 여름 한 계절만 피고 마는 것이 있는가 하면 11월까지 계속 피고 지는 종도 있다. 가지치기만 게을리하지 않으면 대부분이 늦가을까지도 꽃이 끊이지 않기에 장미가 정원의 여왕 대접을 받는 것이리라.

심지어 삽목도 쉽다는 말도 있다. 예전에 미국 잡지 「가드닝」에서 읽은 것인데, 봄철에 새로 돋아나는 장미 줄기 가운데 연필만 한 굵기의 줄기를 골라 연필 길이만큼 잘라 와서 그늘에서 뿌리를 내리면 쉽게 삽목이 된다고도 한다. 신문사 동료 하나는 할아버지가 장미를 접붙여서 키우는 데 선수였다며 찔레 줄기를 뿌리 가까이 잘라 내고 거기에 장미 줄기를 붙이면 잘 산다고도 했다.

덩굴장미를 심으면서 담장도 정리를 했다. 녹슬어서 무너져 내린 담장 위 쇠꼬챙이 철책은 장미 덩굴을 얹어 줄 몇 개만 남기고 다 뽑아 버렸고, 담 따라 무성한 담쟁이와 인동덩굴도 많이 정리했다. 이것들은 워낙 생명력이 질겨 흙이 아니라 담을 연결한 시멘트 위에 쌓인 낙엽더미에서 싹을 틔우더니, 몇 년 사이에 덩굴이 고목처럼 된 놈들이라 완전히 없애지는 못했다. 대신 장미의 터전으로 침범하지 못하게 계속 잘라 주고 있다.

재작년 여름에는 동네 도서관 뒤뜰에서 버려지는 대나무를 얻어 와서 담장 위 덩굴대를 보강했다. 집에서 5분 거리에 있어서 자주 가는 도서관의 대나무가 말라 죽어 가길래 저거 뽑으면 얻어 갔으면 좋겠다 생각했는데, 정말 어느 날 가니 트럭이 새로운 대나무를 싣고 와서 심을 준비를 하고 있었다. 죽은 대나무 몇 그루는 벌써 베어져서 토막난 채 트럭에 실려 있었다. 땔감으로나 버려진다는 뜻이었다.

정원사분들에게 다가가 죽은 나무 몇 그루만 얻을 수 있냐고 했더니 주시마고 했다. 말하는 대로 잘라 둘 테니 필요한 개수만 말하라고 했다. 여섯 그루를 말하고 도서관에서 한참 동안 책을 보다가 나왔다. 정원사들의 트럭은 이미 떠나고 없는데 마른 대나무 여섯 그루를 잘라 내가 집으로 가는 길목까지 올려다 놓았다. 아, 어째서 정원사들은 스페인이나 한국이나 이토록 다정할까.

원예가
장수만세

독일 원예의 아버지 칼 푀르스터 96세, 미국의 그림책 작가 겸 원예가 타샤 튜더 92세, 영국의 정원디자이너 거트루드 지킬 89세. 소설가는 단명하기로 유명한데 빼어난 정원사였던 헤르만 헤세는 85세까지 살았다. 내가 아는 한도에서 원예가로 유명한 명사들은 모두 오래 살았다.

사람이 누구나 오래 살기를 바라는 것은 아니지만 오래 살기를 바란다면 정원을 가꾸라고 권한다. 같은 나이라도 건강하게 살고 싶다면 역시 정원을 가꾸라고 권하고 싶다. 약골로 태어난 건 어찌할 수 없다고 해도, 이미 갖고 있는 체력에서는 좀 더 건강하게 사는 법이 분명 정원 가꾸기에 있다. 정원을 가꾸려면 몸도 쓰고 머리도 써야 하니까 건강관리가 된다. 게다가 이게 고된 노동이 아니라 꽃을 봐 가면서 즐겁게 쉬엄쉬엄 하는 일이니 마음에도 좋다. 이제마는 만병이 마음에 달렸다고 했는데 뇌가 호르몬의 생산지라는 사실이 알려지면서 일리가 있다는 걸 서양의학도 인정한다. 그러니 즐거움은 건강에 좋다.

노화를 막기 위해서는 수학을 해라, 암기를 해라, 책을 읽어라, 외국어 공부를 해라 등등 머리를 꾸준히 쓰는 것을 권하는데 원예를 하면 이 모든 것을 자연스레 하게 된다. 식물을 잘 가꾸는 법을 찾으려면 독서와 인터넷 검색은 기본인데 한국어 정보로는 한계가 있다. 일반인들이 실전으로 익힌 원예지식을 자랑하는 서구인들의 정보를 찾아서 보려면 영어는 기본이다. 식물 하나를 새로 들이면 세계OO협회를 찾아서 그 식물에 대한 기본정보를 알아 두면 건강하게 키울 수 있다.

나처럼 70년대에 영어를 배운 세대는 영어로 읽기나 쓰기는 좀 돼도 듣기는 영 어려운데 요즘은 동영상 원예강좌가 워낙 많다 보니 영어 듣기까지 안 하려야 안 할 수가 없게 됐다. 한동안 계속 실패했던 수국 꺾꽂이도 영어권 동영상 여러 개를 계속 훑어보니 맥이 잡혔다. 한국어로 정보를 찾았을 때는 반그늘에 두고 습도를 유지하라고만 해서 매일 물을 주는 게 어려워 포기했다. 장마철에 꺾어서 마당 한 귀퉁이에 심어 놓는 방법으로 성공률은 반타작 이하였다. 영어권 사람들의 유튜브에서는 물을 흠뻑 준 꺾꽂이 화분을 통째로 비닐봉지로 감싸서 반그늘이 있는 마당에 2주 두라고 했다. 물을 매일 주지 않아도 되고 집에 있는 재료로 쉽게 할 수 있는 방법이었다. 어떤 사람은 투명한 플라스틱 뚜껑이 있는 밀폐형 수납함에 꺾꽂이 화분을 빼곡히 앉히고 뚜껑을 닫아서 2주를 지내는 방법을 권했다. 굳이 수납함을 사야 해서 나는 하지 않았지만 대량증식을 원하는 사람이라면 유리온실을 만들지 않아도 수납함 몇 개로 편리하게 꺾꽂이가 가능

INTAKE

하다는 것을 알게 됐다.

식물을 잘 키우고 있는가를 점검해 보려면 지난해보다 꽃이 많이 피는가, 줄기가 많이 퍼지는가, 열매가 많이 달리는가를 보면 된다. 당연히 매년 어떤 식물이 몇 송이의 꽃이 피고 얼마나 더 불어나는지를 기억하고 있어야 한다. 간단한 셈 공부이자 암기인 셈이다.

정원 가꾸기가 깊어지면 이제 공부는 이 정도에서 멈추지 않는다. 토양을 탐구하느라 화학과 생물학이 가미되고, 꽃의 색깔에 맞추기 위해 자기 집에서 해가 가는 길과 자외선 적외선이 많이 드는 자리를 따지는 광학에도 관심을 갖는다. 아침 햇볕은 자외선이 많아서 파스텔 색 꽃들에게 어울리고 저녁 햇볕은 적외선이 많아서 진한 색깔의 꽃들에게 색을 더해 준다. 어떤 곤충은 불러오고 어떤 곤충은 피할까를 공부하고 새들이 좋아하는 나무열매를 분간한다. 날개 아래쪽에 붉은 무늬가 아름다운 꼬리명주나비가 있다. 나보다 원예가 고수인 원주 친구는 이 나비를 보고 싶으면 쥐방울덩굴을 심으라고 했다. 포도나 장미는 석회암을 좋아하는 것을 배우고 조개껍질을 깔아 준다.

걷고 삽질하고 흙을 져 나르고 식물을 옮겨 심고 과일이 열렸나 높이 올려다보고, 온갖 운동을 한다. 매일 장미와 찔레, 머루나무의 즙을 빨아먹는 중국 꽃매미를 잡는 일은 순발력 훈련이기도 하다. 꽃매미는 날개가 달리면 더욱 빨라지기 때문에 다리로 움직이는 벌레 상태에서 잡아 줘야 한다. 매우 빠르게 나뭇가지를 타거나 다른 잎으로 뛰어오르기도 해서 순간적으로 벌레를 때려서 물통으로 떨어뜨려야 한다. 하루에도 100번 이상 목표를 겨냥해서 놈들이 작대기가 오는 것을 알아채기 전에 탁 치는 훈련은 나의 뉴런에 매우 유익할 것이다.

섰다가 꽃을 보기 위해 쪼그려 앉는 것은 그 자체로 운동이기도 하지만 장순환에 매우 좋다. 원래 네 발로 걷던 인간은 다른 네 발 동물과 마찬가지로 다리와 허리가 직각인 상태에서는 똥구멍이 열리지 않도록 근육이 설계되어 있다. 쪼그려 앉아야 항문이 열린다. 그래서 좌변기에서는 큰일을 잘 보지 못하고 변비가 되기 쉽다. 뱃속이 더부룩한데도 큰일을 보지 못하고 마당에 나왔다가, 꽃구경 몇 번을 하고 나면 화장실로 달려갈 수 있었던 비결이 바로 이 때문이었음을 독일 의사가 쓴 『재미있는 장 여행』이라는 책을 읽고 알게 됐다. 정원 가꾸기는 쾌변도 보장한다.

사람을 가장 젊게 만드는 호기심은 매일 생겨난다. 얼마 전에는 우리 집 모과나무에 청설모가 찾아왔는데, 숲에서 어떤 나무줄기를 타고 우리 집까지 올 수 있었는지 궁금해서 매일 집주변으로부터 깊은 숲이 있는 산까지를 청설모의 마음이 되어 시뮬레이션해 본다. 대추나무를 탐닉하던 벌들이 대추나무 꽃이 시들자 모두 담쟁이덩굴로 몰려갔다. 담쟁이덩굴 꽃은 대추나무 꽃보다도 작은 연두색이다. 도대체 꿀이라고는 담겨 있지 않아 보이는 연두색 자잘한 꽃들이 왜 그렇게 벌들에게 인기가 있는지도 궁금하다.

그러나 이 모든 것보다 가장 중요한 장수 요인은 정원을 가꾸는 사람들 스스로가 오래 살고 싶어 한다는 점이다. 정원을 가꾸는 사람들은 무슨 꽃이 어떻게 피나 궁금해서 내일이, 내달이, 내년이 보고 싶다. 텔레비전에 나온 103세 할아버지는 꿈이 뭐냐는 질문을 받고 내년에 멋진 화단을 꾸미는 것이라고 대답을 했다.

내년에는 더 멋진 꽃들을 보고 싶다. 올해 꽃을 못 보고 열매가 덜 달린 식물에는 이렇게 해 봤는데 그게 정말 맞았는지 내년에 다시 확인하고 싶다. 원예가는 오늘도 땅을 만지며 내일을 기다린다.

4장

나는 마당에서 논다

분홍과 녹두,
전통의 미감

우리 집이 너무도 매혹적이어서 이 집을 지은 건축가는 누구인가 찾아보려 한 적이 있다. 이 골목의 터줏대감인 유심슈퍼 할머니의 기억을 더듬어서 최초의 소유주 이름까지는 찾아냈는데 그 사람의 연락처를 알 길은 없었다. 그를 만나서 건축가를 알게 된다면 이 집에 초대해서 따끈한 밥 한 끼를 대접하고 아름답게 지어 주셔서 고맙다고 말하고 싶었다. 1977년에 지었으니 이미 40년 전에 현역이었던 사람, 아직 살아 계셔서 이 소리를 들을 수 있다면 좋겠다.

이 집은 건물 내벽과 외벽 사이에 단열층을 만들지 않아 겨울이면 좀 춥다. 지금 기준으로 보면 잘 지은 집이 아닐 수도 있겠지만 전체적으로 구석구석까지 정성을 다한 건물이다. 한옥과 서양식 건물의 특징을 잘 절충해서 누마루처럼 튀어나온 응접실을 지었는가 하면, 햇볕이 들어오는 방향에 맞춰 베이를 살려 건물을 앉혔다. 창틀은 삼단으로 안으로 접어 넣었고 계단은 사람이 올라가기 편한 높이로 만들었다. 현대식으로 개조해 보려다가도 전체적으로 이만한 조화를 이루면서 더 잘하기는 어렵겠다 싶어서 이 틀을 유지하고 있다.

무엇보다 마음에 드는 것은 주조색이다. 집안의 욕실 벽과 바깥담의 타일을 분홍색으로 맞췄고, 마당에도 한쪽에는 겹벚꽃과 반대편에는 살구나무를 심어 봄이면 분홍이 흐드러지게 했다. 유심슈퍼 할머니의 기억으로는 우리 집 마당에 모란과 작약이 가득했다고 한다. 4월에 살구나무와 겹벚꽃이 연달아 피고 지면 5월에 자주색의 모란이 피고 6월에는 꽃분홍의 볼뷰티 작약이 마당을 수놓았다.

왜 하필 분홍색일까 하다가 조선시대 궁궐을 그린 동궐도를 보면서 이유를 깨달았다. 분홍과 녹두는 한국인이 옛날부터 주택을 지을 때 쓰는 가장 고운 색의 배합이었다. 그래서 조선의 궁궐은 모두 분홍 녹두에 자주색으로 방점을 찍어 한 폭의 봄날을 재현했다.

박완서 작가는 구리에 전원주택을 지으면서 분홍색으로 벽을 칠해 달라고 했다던데 개성 사람인 그이는 전통건축의 미감을 알았던 것이 분명하다. 동아시아를 호령한 고려의 미감이 쏟아져 내렸던 수도답게 개성은 음식도 가장 다양하고, 혼인예복도 어디보다 화려하며, 거기 사는 사람들은 입성이나 음식새, 눈썰미가 매우 고급스러웠다. 안타깝게도 박완서 작가 집을 설계한 건축가는 전통보다는 서양건축에 박식했던지 우리 전통 왕궁색인 분홍보다는 합스부르크 왕가의 궁전 색깔인 노란색(정확히는 royal yellow)을 권했고 결국 작가의 집은 '노란 집'이 됐다.

전통을 따서 분홍을 강조했다면 우리 집에 녹두색은 왜 없을까 하는 의문은 몇 년이나 지나서야 풀렸다. 이사 올 때 대문색이 감청인 게 못마땅했지만 빨리 더 좋은 색이 생각나지 않아서 그대로 새로 칠

했는데, 몇 년 만에 가장 많이 움직인 잠금장치 부근에서 그 칠이 떨어지면서 제일 안쪽의 주황색까지 드러나게 되었다. 자세히 살펴보니 주황색으로 기본 칠을 하고 그 위에는 녹두색을 바른 흔적이 보였다. 1996년에 이사 온 두 번째 주인이 감청색으로 바꿔서 그렇지 이 대문은 원래는 녹두색이었다.

분홍 담과 녹두색 대문, 이 집은 처음 바라볼 때부터 전통의 미감이었고 집안 가장 은밀한 곳 욕실에 다시 분홍을 써서 수미일관한 통일성을 부여했다. 욕실의 천장은 우리가 새로 칠하기 전에는 민트색이었는데 우리 집을 칠하는 이가 그 색을 내지 못하면서 이제는 하늘색에 가까워졌다. 아마노 첫 번째 주인이 칠했던 색은 민트보다도 더 녹두에 가깝지 않았을까 조심스레 추측을 해 본다. 이층으로 올라가는 계단의 손잡이는 꽃자주였다. 어김없는 분홍 녹두 자주로 아귀가 딱 맞다.

안타깝게도 이런 원칙을 이사 올 때는 깨닫지 못한 나는 분홍 욕실벽도 회갈색 타일로 덮어 버렸다. 원래는 1층 욕실은 빨강과 회색, 2층 욕실은 파랑과 회색으로 바꾸려고 했으나 취향이 고리타분한 남편과 시어머니의 의견이 반영되어서 2층만 바꾸고 1층은 회갈색이 되었다. 대신 부엌은 내가 바라는 대로 노랑 타일을 쓰고 싱크대 문짝 몇 개를 빨강과 파랑으로 만들었으니 대체로 나는 이 집에 후앙미로 식의 단순하고 강렬한 색을 도입하고 싶었다.

그런데 살아 보니 건축가가 처음 도입한 색깔, 분홍과 녹두가 훨씬 근사해 보인다. 다음에 집을 수리할 때는 욕실의 회갈색 타일을 걷어서 분홍을 되찾고 대문은 녹두색으로 칠할 생각이다.

녹색의 문에 대해서는 왕궁의 색깔이어서가 아니라 어린 시절부터 품어 온 로망이 있다. 고등학교 때인가 허버트 웰스의 단편 소설 「푸른 문The door in the wall」을 읽었다. 원작 제목은 '담장의 문'이겠지만 우리 집에 있던 서양 단편문학전집의 번역 제목이 '푸른 문'이었다. 작품의 주요 모티프가 푸른 문, 다시 말해 녹색의 문green door이었다. 어린 시절 느닷없이 나타난 푸른 문 안으로 들어가서 평화로운 낙원을 경험했던 소년에게는 인생의 고비마다 푸른 문이 등장하지만 성공을 선택하기 위해 번번이 외면한다. 성공의 정점에서 다시 등장한 그 문을 보고 이번에는 그 문을 선택했지만 그는 막아 놓은 공사현장에서 추락한 주검으로 발견됐더라는 결말.

주인공에게 비극적으로 닥친 소설의 결말과는 상관없이 이 책을 읽은 후 푸른 문은 내게 이상향으로 들어가는 상징이 되었다. 주인공이 만났던 낙원의 대문이 분명 푸른색이었으니까. 웰스의 아버지는 정원사여서 웰스는 아름다운 정원을 많이 보고 자랐을 것이다.

우리 집 마당을 꽃으로 가득한 낙원처럼 꾸미고 싶은 내게 딱 맞는 대문은 푸른색이 마땅하다. 그러니 대문을 녹두색으로 왜 안 바꾸랴.

거인은
저만 알았을까?

정원을 가꾸는 사람을 고약하게 그린 유명한 동화가 있다. 오스카 와일드의 『저만 알던 거인』. 거인이 아름다운 정원을 가꿨지만 동네 아이들이 들어와 노는 것을 금지하다가 뒤늦게 깨달음을 얻고 허용했더니 정원이 더 아름답게 됐더라는 뭐 그런 이야기이다. 어렸을 때는 그대로, 좀 더 자라서는 비유로 이 이야기를 액면 그대로 받아들였던 나는 정원을 가꾸면서 오스카 와일드가 애꿎은 정원 소유주를 비난하고 있다는 생각이 들었다.

꽃을 가꾸는 사람들이 대체로 까칠한 건 맞다. 기온과 바람과 습도에 민감하고 식물의 작은 차이도 까다롭게 따진다. 그 예민한 차이만큼 식물을 잘 키울 수 있기 때문이다. 애써 심은 식물을 마구잡이로 대하는 사람들을 보면 정말 성질이 난다.

나도 우리 집에 오는 이들에게 흙바닥은 되도록 밟지 말라고 당부한다. 잔디나 시멘트, 돌만 밟으라고 한다. 흙에는 잘 보이지는 않아도 무슨 씨앗인가가 싹트고 있기 때문이다. 그 위치를 일일이 일러줄 수 없고 일러 준다고 챙길 리도 만무하니까 흙은 아예 밟지 말라고 한다.

어른들은 말을 듣는데 아이들은 듣지 않는다. 아이들이야 맘껏 뛰어놀아야 하는 존재들이니 그래야 마땅하다. 그런 만큼 꽃을 심어 놓았는데 자리가 잡히기까지 아이들을 격리해야 하는 정원 주인의 마음도 당연하다. 잔디만 해도 처음 심어서는 조심조심 하지만 일단 자리를 잡으면 어지간히 밟아서는 잘 죽지 않는다. 이건 장 지오노의 '나무를 심은 사람'이 도토리나무가 자라기까지 양 떼들을 멀리 해서 어린 묘목이 죽지 않게 한 것만 봐도 알고, 몽골부터 서유럽 사이에 있는 수많은 '스탄' 자가 붙은 국가에서 사막화가 전개되는 것도 바로 어린 묘목들을 구제류 가축들로부터 구하지 못하고 있기 때문인 데서도 잘 드러난다.

식물은 시달려도 잘 자랄 수 있겠다는 크기가 될 때까지는 사람을 포함, 모든 동물로부터 보호받을 권리가 있다. 정원을 가꾸는 사람은 그 권리를 지켜 주는 이들이다. 그러니 그 극성맞은 동네 아이들로부터 나무를 지키려고 격리를 한 것이 고약한 거인이라는 평가를 받게 된 것은 아닐까. 그리고 이제 아이들이 뛰어다녀도 식물이 죽을 염려는 없어져서 정원을 개방한 것은 아니었을까. 하지만 정원 개방을 허락하지 않던 시기에 천지분간 모르고 뛰어다녀야 했던 시절을 보냈고, 개방을 한 시기에는 다 커 버린 오스카 와일드는 이 정원 주인을 괘씸하게 여겼고 그래서 심보 나쁜 이로 그리게 된 아픈 기억이 있는 것은 아닌지. 아버지가 정원사였던 허버트 웰스라면 절대로 저런 동화는 쓰지 않았을 것이다.

남편의 손님들이 부부 동반으로 애들을 데리고 왔다. 뒷마당에서 밥을 먹은 뒤 어른들은 이야기를 나누고 있는데 아이들은 앞마당 뒷마당 가릴 것 없이 쏘다닌다. 이럴 때면 사람들 이야기를 들어도 내 신경은 마당에 가 있다. 한 꼬마가 신기한 것을 땄다며 들고 오는데 어른 주먹만 한 수박이다.

우리나라에서는 온실 재배가 대종이라 수박이나 참외는 첫물이 겨울에서 봄 사이에 시장에 나온다. 그걸 사 먹고 씨를 마당에 뱉으면 싹이 터서 자란다. 한번은 그렇게 자란 참외가 8월에 열한 알이나 열린 적도 있다. 모두 싱싱하고 굵어서 달게 먹었다. 퇴비창 흙을 앞마당에 뿌리면 버려졌던 과일쓰레기 안에서 썩지 않고 남아 있던 씨앗이 거기서 싹이 트기도 한다. 그렇게 앞마당에 넝쿨을 만들어 가는 수박이 신통해서 그대로 두었더니 그걸 따 갖고 온 것이다.

모임에는 늘 부산스런 어른이 있기 마련인데 아이 아빠도 아닌 한 사람이 그걸 받아서 신기하다고 아이한테 말을 맞춰 주는가 했더니 속이 익었나 본다고 칼로 자른다. 아이는 수박을 잘랐다고 울고 부산스런 어른은 아이를 달랜다고 더 부산을 떨고 난리도 아니었다. 울음 끝이 오래 가길래 내가 한마디 했다. “그건 아줌마 수박인데 네가 왜 따 왔어?” 아이는 울음을 그쳤고 모임은 다시 어른들의 대화로 바뀌었다.

아마도 이 아이에게는 나 역시 내 마당의 것은 건들지 못하게 한 마녀로 기억될지도 모른다. 그러고 보니 「라푼젤」도 남의 밭의 상추를 따 먹다가 들켜서 실컷 야단을 들은 사람이 주인집 아주머니를 마녀로 상상한 데서 나온 작품일지도 모른다. 중세 서양의 마녀에 대한 흑역사를 읽어 보노라면 상추밭이 탐나서 주인을 마녀로 몰아 죽게 만드는 일조차도 어딘가에서는 벌어졌을지도 모른다.

마음과 몸

꽃과 나무를 가꾸는 사람들은 대개 식물교감설을 신봉하는 편이다. 식물과 사람은 마음이 통한다는 설이다. 나도 우리 집에 이사 오면서 신비한 일을 많이 겪었다. 집을 보러 온 6월에 마른 가지였던 앵두가 집을 산 이듬해 잎이 났으며, 열매가 하도 없어서 오리나무로 오해했던 살구나무에는 가지가 무겁게 살구가 달렸다. 흔적도 없던 작약이 땅에서 솟아났고, 마른 뿌리를 흔들자 모란까지 올라왔다. 식물을 키워 본 사람이면 누구나, 식물과 교감을 나눈다는 설명이 아니고서는 이해할 수 없는 신비스런 현상을 다들 겪곤 한다.

심지어 원주 친구는 과일나무의 과일을 잘 따 먹지 않으면 과일나무가 토라진다는 이야기도 했다. 그의 집 앵두가 많이 열렸는데 다른 일이 바빠서 따지 않고 지나쳤더니 '주인님, 앵두 따 드세요'라는 소리가 들렸다고 했다. 그런데도 딸 시간이 안 나서 버려두었더니 앵두나무의 말투가 점점 거칠어지더니 나중에는 '야, 앵두 얼른 따' 하고 성질까지 내더라는 이야기. 앵두나무를 지나갈 때면 뒤통수에서 그런 소리가 들렸다고 했다. 그제야 저절로 떨어져 버린 게 절반이 넘는 앵두를 허겁지겁 땄더니 이듬해에 앵두가 한 알도 열리지 않더라는 이야기. 몇 년을 달래고서야 앵두가 다시 열리기 시작했다는 사연이다.

과일이 해에 따라 많이 열리고 안 열리고에 대해서 미국의 생태학자 베른트 하인리히는 『홀로 숲으로 가다』라는 책에서 너도밤나무를 예로 들어 이렇게 설명해 놓았다. 열매가 많이 열리면 포식자 동물들이 잘 먹어서 새끼를 많이 낳는다. 그 새끼들은 나무 열매에서 싹이 튼 어린 나무를 먹어 치운다. 그러면 나무는 열매를 조금만 맺고 포식자들은 열매와 어린 싹이 줄어서 굶어 죽는다. 포식자들의 수가 안정이 되면 다시 나무는 열매를 제대로 맺는다. 식물은 열매의 수로 포식자의 개체수를 조절한다는 말이다.

이사 오고는 한 해도 거르지 않고 매년 풍성하게 열매를 맺던 살구나무가 한 해 열매를 다 따 주지 않았더니 그 이듬해 소출이 뚝 줄었던 것을 경험했던 나는 원주 친구가 나무 토라진 이야기를 할 때 "맞아, 맞아" 하고 연신 맞장구를 쳤다. 식물교감설의 신봉자였다.

그런데 올해 식물교감설이 아닐 거라는 새로운 현상을 관찰했다. 윗마당에는 몇 년 전에 더미째 쌓아 두고 싸게 파는 작약을 두 덩이 사다가 세 군데로 나눠서 심은 게 있다. 이렇게 덩이로 파는 작약은 보통 평범한 꽃분홍의 홑꽃이 핀다. 그런데 왼쪽에 심은 덩이가 먼저 꽃이 피었는데 은은한 연분홍색이었다. 홑꽃이라도 아주 품위가 있었다. 신이 나서 원주 친구가 서울 왔을 때 한 포기를 짜개 주고 애지중지 키웠다. 씨를 받아서는 세 배 깊이에 묻었더니 싹이 트지는 않았다. 작년에는 꽃이 세 송이 피었길래 매일 가서 들여다봤다. 씨도 수십 알이 맺혀서 여기저기 이런저런 방법으로 심었다.

한편 오른쪽에 심은 작약 덩이는 작년에야 처음 꽃이 폈는데 꽃분홍도 아니고 칙칙한 분홍이었다. 색깔이 깨끗하지가 않으니까 얼룩덜룩한 느낌까지 줘서 꽃 하면 예쁘다는 개념을 깨뜨릴 정도였다.

왼편의 연분홍 작약과 오른편의 얼룩덜룩 작약 사이 거리는 50센티쯤 될까. 연분홍 작약 앞에 쪼그려 앉아 구경을 하면 얼룩덜룩 작약도 다 사정권이다. 내 사랑하는 마음은 오로지 연분홍에게만 있었지만 내가 들여다보면서 내뿜는 숨결은 양쪽에게 다 쏟아졌을 게 틀림없다.

재작년 겨울은 그다지 춥지 않았다. 난방용 가스비가 예전의 절반만 나왔다. 따뜻한 겨울 때문에 박하는 잔디밭을 다 훑고 다녔고 서울에서 꽃눈이 죽는다는 수국은 꽃봉오리가 맺혔다. 겨우 네 줄기이던 연분홍 작약이 12줄기나 올라왔을 때는 날씨도 따뜻했고 내 사랑의 교감도 이렇게 잘 통했구나 하고는 감격을 했다. 그런데 그 옆의 얼룩덜룩한 작약, 거들떠도 안 보고 싶은 작약도 6개 줄기에서 10개로 늘어났다.

재작년 겨울이 그렇게 따뜻했나 싶어서 다른 곳의 작약을 둘러보았더니 그렇게 포기수가 갑자기 늘어난 작약은 없었다. 앞마당의 터줏대감 작약은 오히려 세가 약해졌다. 매년 줄기마다 한 개 내지 두 개가 올라오던 작약이 똑같은 수로 올라오거나 안 올라온 데도 있었다. 이건 매년 잘 자라니 단지 내가 덜 들여다보았을 뿐이지 아끼는

마음으로 따지면 얼룩덜룩한 작약과는 댈 바가 아니었다. 정신적 교감의 문제가 아닌 건 확실했다. 들여다본 횟수의 차이일 뿐이었다. 들여다본 걸로 차이가 난다면 짚이는 것은 인간이 내뿜는 이산화탄소의 차이이다. 이산화탄소를 많이 먹은 작약은 생육이 왕성했고 그렇지 않은 작약은 비실댔다. 마음으로 아끼고 응원하는 것과는 상관이 없었다.

마음 가는 데 몸이 가는 건 맞지만 몸이 가지 않는 마음은 아무런 변화도 만들어 내지 않는다.

쌀뜨물 블루베리, 응원해

담배를 전혀 피우지 않는 내가 언제부터인가 자꾸 담배를 피우고 싶다는 생각이 들어서 주변을 살펴보았더니 사무실 곳곳에 '금연'이라는 벽보가 새로 붙어 있었다. 금지하면 꼭 욕망하게 되는 나는 식물도 남들이 다 심는 유행식물은 철저히 외면했다. 너도 나도 블루베리를 살 때는 전혀 관심이 없었다.

우리 집에 블루베리가 오게 된 건 동네 친구인 사진작가 한금선 씨 덕분이었다. 블루베리 농장에 가서 블루베리를 많이 샀더니 하나를 덤으로 끼워 주는데, 그게 농장주인이 실험 삼아 밉다 밉다 하며 키웠더니 배배 비틀어지고 잘 크지 않았더라는 나무였다. 사진작가가 데리고 와서 사랑한다 예쁘다 말해 줬더니 금세 달라져서 쑥쑥 자라는데, 빌라인 그의 집에서 화분에 키우는 것은 한계가 있으니 땅 좀 빌려 달라고 했다. 말이 빌려 달라는 것이지 우리 마당에서 키우라는 말이었다. 그래서 받아들였으니 짝을 이뤄서 동네 꽃집에서 한 그루를 더 샀다. 그때는 이미 블루베리 유행도 한풀 꺾여서 아로니아로 옮겨 가고 있었다.

미움받다 사랑받은 블루베리는 반그늘에 심었고, 내가 산 블루베리는 땡볕에 심었다. 그해는 둘 다 그런 대로 살았는데 이듬해 장마가 끝나고 땡볕의 블루베리가 죽었다. 물을 많이 먹는 나무는 장마 뒤에 건조기가 오면 그때 죽기가 쉽다.

한 그루 남은 블루베리, 사진작가가 애지중지 사랑했다는 이놈을 또 죽일 수는 없어서 본격적인 공부에 들어갔다. 산성 땅을 좋아하고 땡볕은 좋아하지만 뿌리는 늘 축축해야 한다는 까다로운 놈이었다. 풀이 우거진 동네에서 풀 사이를 비집고 살았던 관목인 모양이었다. 다행히 추위는 영하 40도도 거뜬히 견디는, 알래스카와 북유럽에서도 잘 자라는 과일나무였다. 그러고 보니 핀란드 항공을 타면 식사 사이에는 블루베리 주스만을 줬다. 봄에 피는 하얀색 꽃은 향기도 좋다고 했다.

음! 뒷마당으로 난 아들 창 앞에 심어 주자 싶어서 시멘트를 망치로 두드려 깨고 작은 화단을 만들었다. 블루베리를 옮겨 심고는 샤스타데이지도 주변으로 옮겨 주었다. 뿌리 위를 다년초로 덮어서 습기를 보존해 주자는 구상이었다.

이듬해에 꽃이 피어서는 열매도 예닐곱 개를 따 먹었다. 잘 자리 잡았다 안심했다. 두 그루는 있어야 열매를 맺는 식물도 아니니 더 이상 블루베리를 살 계획이 없었다.

그런데 재작년에 수국을 사겠다고 꽃시장을 찾아 지축엘 갔더니 양주로 옮겨 갔다고 했다. 다시 차를 몰고 가는데 중간에 꽃시장인 듯한 비닐하우스들이 보여서 들어갔더니 블루베리 전문 농원이었다. 차를 되돌려 나오는데 친절하게 길을 일러 주던 나이 든 양반이 아들의 블루베리 농원 것이라며 10센티가 간신히 넘는 묘목을 공짜로 준다. 더 멀리 꽃시장을 찾아 가서 수국도 사고 작약도 사고 돌아오는 길에 그분의 친절이 이상하게 밟혔다. 결국 그곳에 가서 아들이 파는 블루베리 묘목을 50센티 정도 되는 걸로 한 개 사 들고 왔다. 우리 집에 있는 블루베리가 그만한 크기였다. 사면서 그 아들로부터 주의할 점을 듣는데 꼭 피트모스 흙을 같이 사라고 했다. 블루베리는 산성 땅에서만 자라기 때문에 흙을 갈아 줘야 한다고 했다.

"엥? 우리나라 땅이 대부분 산성토양인데요?"

"그래도 땅에 그냥 심으면 안 자라요."

"에이 무슨 말씀을. 제가 몇 년째 키우고 있는데요."

"그건 화분 상태의 피트모스 흙 기운이 남아서 그렇지 열매 안 맺지요?"

"작년에 따 먹었는데요."

이렇게 돌아섰지만 집에 있는 블루베리가 잎눈만 무성했다는 걸 속으로 인정했다.

우리나라 토양이 대부분 산성토라는 내 말도 맞지만, 매년 쏟아지는 장마로 영양분이 쓸려 내려가 블루베리가 잘 자라는 아메리카 대륙이나 북유럽의 비옥한 토양과는 비교할 수 없이 척박한 것도 사실이었다. 해결책을 고민해 보니 답은 쌀뜨물이었다. 쌀뜨물은 산성수이고 영양분이 많다. 매일 밥하면서 쌀을 씻으면 나온다. 이걸 블루베리한테 주면 되겠다 싶었다.

아들 방 창밖에 세 그루를 옹기종기 심었지만 쌀뜨물은 사진작가의 블루베리에게 집중됐다. 농원집 주인 말대로라면 새로 산 블루베리는 당분간은 피트모스 흙기운이 왕성할 테니까. 그렇게 7월부터 땅이 얼기 전까지 사진작가의 블루베리는 쌀뜨물을 듬뿍 먹었다.

드디어 봄이 왔다. 크기가 비슷한 두 놈이 얼추 비슷하게 꽃눈을 물고 있었다. 농원집 블루베리가 먼저 꽃눈이 터졌다. 블루베리는 살이 통통한 꽃눈이 터지면 그 안에서 꽃봉오리들이 여러 개 나와서 점점 커진다. 사진작가 블루베리는 며칠 더 지난 뒤에 꽃눈이 터졌는데 농원집 블루베리보다 훨씬 크고 실하게 꽃송이들이 줄줄이 흘러나왔다. 쌀뜨물 블루베리 승!

정원을 가꾸는 사람들은 이러고 논다.

장엄함을 노래하라

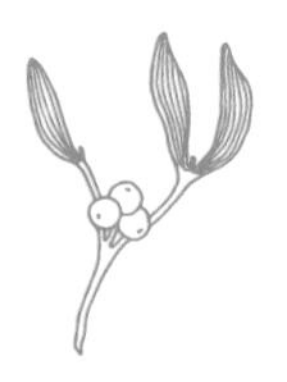

2미터는 넘어 보이는 참나리를 만난 것은 8년 전 평창에서 원주로 이어지는 길에서였다. 그 후 기억 속에서 참나리는 점점 더 커져서 내가 본 게 과연 참나리는 맞나, 웰스의 「푸른 문」처럼 내가 우연히 맞닥뜨린 환상은 아니었을까 싶은 생각이 들게도 했지만 예전 기록을 찾아보니 2미터 정도였다. 그 정도라면 우리 집 마당에서도 자랄 법한 크기였다.

그날은 강원도 정선으로 휴가를 갔다가 돌아오는 길이었다. 평창 횡성 원주를 거쳐 서울로 왔는데 참나리가 핀 장소가 정확히 어디인지는 모른다. 가파른 산에 있는 소 떼를 보았고 횡성의 안흥찐빵집에 이르기 전에 지나간 동네라, 평창에서 횡성 사이거나 횡성의 동네쯤이리라 여긴다. 정말 거대한 나무 같은 참나리가 주황색 꽃을 주렁주렁 달고 슬레이트 지붕을 한 시골집 옆에 서 있었다. 차를 멈춰 세우려다가 길이 막히기 전에 서울-원주 고속도로를 올라타야 한다는 마음이 급해서 그냥 지나쳤다. 어찌나 장엄하던지 오는 내내, 돌아와서도 그 꽃 생각만 났다.

집에 와서 검색해 보니 참나리는 2미터보다 크게도 자라는 식물이었다. 외국 사진이기는 했지만 나무처럼 솟구친 참나리가 있었다. 우리 집 참나리가 1미터도 안 되던 시절이었다.

우리 집 마당의 참나리는 종로 5가에서 나무를 살 때 주아가 묻어 온 모양이었다. 이런저런 나무를 심었더니 여기저기서 참나리가 돋아나기 시작했다. 참나리는 알뿌리로도 번식을 하지만 잎 사이에 달린 검고 둥근 알, 주아가 씨처럼 싹을 틔운다.

어렸을 때 시골 동산에서 많이 보던 참나리에 그다지 끌리지는 않았다. 분홍이 주조색인 마당과는 어울리지 않는다고 생각해서 주황색 식물은 절대 들이지 않겠다고 마음먹고 있었다. 그런데 주황색은 내 마당에 들어오려고 기를 쓰고 있었다. 분홍색의 셜리포피라고 얻어 온 씨앗이 주황색의 오리엔탈포피였고, 눈치 없는 참나리는 꽃은 안 피어도 잎 옆에 까만 주아가 달려서 그걸로 계속 무한번식을 하고 있었다.

보는 족족 뽑아내는 사이에도 생존한 몇 개가 드디어 꽃이 피었는데 꽃이 별로 없는 여름철에, 그것도 장마가 주룩주룩 내려 청승스런 기분이 들 때 마당을 화사하게 한다는 것을 발견하고는 큰 것 몇 개를 그대로 뒀다. 장마철에 꽃이 피는 건 좋은데 이 식물은 꽃 무게를 견디지 못하고 꽃만 피면 엎어져 있었다. 저걸 어쩌나 싶은 때에 장엄한 참나리를 만났고, 우리 집 참나리도 장엄할 가능성 덕분에 계속 보살핌을 받게 됐다. 그러더니 정말 재작년부터 내 키보다 크게 자라고 꽃이 펴도 엎어지는 법 없이 수많은 꽃송이를 자랑하게 됐다.

참나리는 싹이 잘 튼다. 주아가 흙 기운만 쐐도 싹이 튼다. 처음에는 땅에 바로 붙어서 구근으로 변신한 주아는 구근이 커 갈수록 알아서 땅속으로 파고든다. 구근이 깊이 내려가지 못해서 꽃 무게에 번번이 엎어졌지 해가 갈수록 허리를 쭉 펴고 곧게 자라난다.

꽃 장터를 겸하는 영어권 원예 정보사이트인 가드니아gardenia.net를 보면 참나리는 한 포기에서 무려 40송이의 꽃이 피기도 하며, 1미터 50센티 정도까지 자란다고 적혀 있다. 평창-횡성 길에서, 우리 집에서 그보다 훨씬 더 크게 자란 이유는 참나리의 원산지가 동북아 지역이라 여기가 제게 딱 맞는 땅이니까 그런 모양이다. 우리 집에서는 180센티 정도가 최고 기록인데, 이것도 3월 중순에 돋아나서 7월 중순까지니 한 달에 40센티 이상 크는 셈이다.

세계에는 크기로 압도적인 식물들이 많다. 아프리카의 바오밥나무는 둥치가 20미터에 이르러 그 안에 교회나 창고, 사무실을 차리기도 할 정도이고, 미국의 레드우드나무는 100미터 높이로 자란다. 하지만 이들은 모두 나무이다. 매년 차곡차곡 크기를 쌓아서 이 정도에 이르렀다. 반면 참나리는 겨울이면 풀 부분이 다 죽어 버리니 봄부터 여름까지 왕성한 생명력은 바오밥이나 레드우드와 비교할 바가 아니다. 생명에 대한 경이로움을 느끼기에는 레드우드 못지않다.

어렸을 때 엄청나게 커 보이던 도랑도 자라서 보면 두어 걸음 폭이고, 힘들게 걸었던 골목도 어른이 되어 보면 코앞이다. 키가 크는 만큼 보폭도 커지고 거기에 반비례해서 어릴 때의 축척들은 모두 다 줄어든다. 그런데 어릴 때 겨우 무릎만 하다고 느낀 참나리는 어째서

어른이 되었을 때 도리어 내 키보다도 커진 것일까.

내가 자라던 60년대는 온 나라가 한국전쟁의 포탄으로 황폐해지고 불과 10년이 흘렀을 때라 나무도 숲도 풀도 적었다. 온 나라 땅이 척박했다. 거기서 참나리는 겨우 어린아이 무릎만큼 자랐다. 땅이 좋아지면 저렇게나 크는 것을! 참나리를 볼 때마다 그가 솟구쳐 오르는 하늘이 아니라 그가 뿌리 내린 땅을 명상한다.

담 없는 상추

원래는 앞마당은 화초, 뒷마당은 텃밭으로 구상했다. 그래서 나도 한때는 고추 상추 토마토 같은 텃밭의 기본구성은 물론 오이 호박 쑥갓 열무 콩까지 길러 먹었던 적이 있다. 그런데 이태 정도 해 보니 게으른 내 깜냥으로는 텃밭을 가꾸는 것이 무리였다. 좋은 채소를 싸게 파는 시장이 가까이 있는데 뭐하러 농사를 짓느라 고생을 하겠느냐는 결론에 이르렀다.

길러 먹는 것과 사 먹는 것의 맛 차이는 확 달랐지만 물 주는 게 문제였다. 텃밭 식물은 사람 손이 가는 것을 전제로 개량이 되어서 조금만 가물어도 물을 줘야 했다. 1년 강수량의 절반 이상이 여름 석 달에 쏟아지는 이 나라에서 그건 수돗물을 엄청 줘야 한다는 말이다. 그나마 가뭄을 잘 견디는 고추는 시장에서 매번 맵지 않은 모종을 달라고 해도 못 맞춰 주는 걸 보면 맵지 않은 고추모종은 시장에 없는 게 분명했다.

나는 텃밭 농사를 중단하고 텃밭 크기도 확 줄였다. 물을 안 줘도 죽지 않는 부추와 딸기만 남았다.

우리 집에서 15분이면 걸어가는 백사실 계곡의 뒷골에는 아직도 농부들이 살았다. 그들이 농사한 야들야들한 상추와 오이가 제철이면 버스정류장 앞으로, 내가 잘 가는 슈퍼로 왔다. 나는 거의 매일 시장도 갔다. 텃밭을 안 해도 아쉬움이 없었다. 꽃 심을 땅도 모자란데 뭘….

하루는 옆집 아주머니가 담 옆에서 "애기 엄마" 하고 부드럽게 불렀다. 우리 집 겹벚나무를 마구 자르고 담 위에 올라서서 마당을 예쁘게 가꾸라고 나한테 호령을 하던 노인이다. 마당에 나가 있던 나는 갑자기 무슨 변덕인가 싶어서 못 들은 척했다. 그랬더니 손을 담 위로 쑥 내밀어 막 딴 상추와 갓을 한줌 내밀었다. "이거 받아요" 계속 모르는 척할 수 없어서 "예" 하면서 받았더니 살가운 목소리를 내며 "지금 안 바쁘면 우리 마당으로 좀 와요. 상추가 아주 잘 자랐는데 좀 따 가요" 한다. 하는 수 없이 옆집으로 갔다.

그 집은 앞마당 가운데를 텃밭으로 꾸며 놓고 상추 갓 쑥갓 로메인을 기르고 있었다. 언젠가 영국에서 사온 퇴비기계를 자랑하더니 음식물쓰레기 퇴비만으로 키운 것이라고 안심하고 따 가라고 했다. "아저씨(아주머니의 남편)가 아들 있는 강릉 가서 살잖아요. 애들도 다 나가 살고. 이렇게 실한데 먹을 사람이 없으니까" 살가운 남편이 없어서 말벗이 필요했던 모양이다. 외로움이란 얼마나 질긴가. 제멋대로 무례하게 해코지해서 좋은 감정일 리 없는 사람이라도 불러들이고 싶으니. 언제든 와서 따 먹으라고 했지만 다시 가지는 않았다. 작년 이맘때도 똑같은 일이 있어서 그때는 곧바로 살구를 드리는 걸로 셈을 했는데 이번에는 그조차 하지 않았다. 내가 뒤끝이 오래가는 소인이기도 하지만 상추는 상처를 준 이웃과 교유를 다시 틀 것인가 말 것인가를 결정하기에는 난이도가 너무 낮은 식물이다. 상추 자체야 임산부가 배 속의 아이를 걸고라도 먹고 싶을 만큼 비타민과 미네랄이 풍부한 좋은 채소이지만 나는 「라푼젤」의 산모가 아니었으니.

반대편 살구나무 쪽 이웃의 빌라에도 저층에 새 식구가 들어왔다. 빌라 저층에는 골목길 쪽은 주차장과 소나무 대나무 몇 그루만 있는 작은 화단뿐인데 맞은편 북한산 쪽으로는 제법 큰 땅이 있다. 내가 모란을 줬지만 빌라 주인이 못 키운 그 화단이다. 주차장으로 올라가는 계단 옆에는 또 따로 널찍한 계단식 텃밭이 있다. 10년 넘게 살아도 텃밭을 가꾸는 걸 못 봤는데 이사 온 아주머니는 아주 열심히 텃밭을 가꿨다. 고추 상추 토마토 바질 깻잎 갓 등등 많기도 했다. 그 집 텃밭을 칭찬하기만 하면 우리 집 뒷마당 터가 그렇게 좋은데 왜 텃밭을 안 가꾸냐고 성화였다. 나는 본시 게을러서 텃밭은 못 가꿉니다, 해서 입을 막았다.

이 텃밭에 부추씨를 심어 놓고 부추 나기만 기다린다길래 이미 크게 자란 우리 집 부추를 듬뿍 파 줬다. 얼마 후 그 집에 상추가 자라니 많이 뜯어 준다. 앵두가 많이 열렸길래 같이 따자고 불렀다. 앵두를 가져간 다음 날 나를 부르더니 이번에는 뿌리째 상추를 솎아 준다. 바질도 빽빽이 싹이 났다고 솎을 때 주겠단다. 뿌리째 온 식물을 다듬어 먹기가 아까워서 상추를 마당에 심었다. 23포기. 물만 제대로 준다면 집에서 밥 먹는 횟수가 적은 큰애와 둘째를 빼고 세 명이서 먹기 넉넉한 양이다. 이렇게 해서 나는 다시 텃밭생활로 들어왔다.

주변에서 텃밭을 가꿔 본 사람들 이야기를 들어 보면 상추는 키우기 힘들어서가 아니라 너무 많이 자라서 나중에는 나눠 주는 게 성가신 식물이다. 잎을 따 주지 않으면 곧바로 꽃대가 올라와서 상추 잎을 못 먹게 된다. 그러니 일단 심으면 계속 그 잎을 따 줘야 하는 숙명에 갇히게 된다. 물은 잘 줘야겠지만 말이다.

그러니 「라푼젤」의 마녀는 상추가 넘쳐났을 텐데 왜 그토록 담 안에 가둬 키우며 인색했을까? 마녀는 상추씨앗으로 기름을 짜던 이집트의 여사제였을까? 잎은 잎대로 실컷 먹고 그냥 두면 꽃대가 올라오는데 왜 잎을 아꼈을까. 유럽은 연중 강우량이 일정해서 우리나라처럼 물 주는 일이 힘든 것도 아닌데. 혹 이 이야기는 상추가 중부유럽에 막 도입됐을 때의 상추 PPL이었을까? 상추 하나를 심어 놓고 누구도 대답 못해 줄 궁금증이 꼬리를 문다.

탄닌 염색

감나무는 건조한 상태를 좋아한다. 원래도 감나무에서는 풋감이 많이 떨어지지만 큰 비가 오고 나면 특히 많이 떨어진다. 저렇게 많이 떨어지고도 열매가 남아 있을까 싶게 떨어지는데도 가을이면 또 주홍감이 몇 백 개씩 열리는 걸 보면 정말 감나무처럼 풍요로운 나무는 없는 성싶다. 감식초도 맛있고 홍시로도 맛있고 곶감도 맛있다.

여름이면 우수수 떨어지는 풋감으로는 감물을 들일 수 있다기에 해 보았다. 전통거리 같은 곳에서 희소하게 팔리는 감물 옷은 너무 비쌌다. 버려지는 풋감으로, 한 마에 2천 원인 광목을 사다가 하는 것일 텐데 왜 이리 비쌀까 했더니 감물 들이는 공이 보통이 아니었다. 풋감을 갈아서 그 즙으로만 해야 하니 양이 적었고 물을 타면 색이 옅어졌다. 결국 몇 번이고 물을 들여야 하니 물들이고 말리고 또 물들이는 일에 손이 아주 많이 간다.

뭘 그리 힘들게 일하나 싶어서 나는 아예 풋감을 찧어서는 거기에다 곧바로 광목치마와 면블라우스를 치댔다. 꾹 짜서 빨랫줄에 너는데 풋감 부스러기든이 떨어지지 않았다. 마르면 떨어지겠지 싶어서

그대로 널었는데 큰 조각만 떨어졌지 가늘고 얇은 것들은 말라도 떨어지지 않았다. 몇 번을 거듭 적시고 말려서 색이 들었기에 맹물에 넣고 밟았지만 감 조각은 여전히 떨어지지 않았다. 이번에는 바짝 말려서 손으로 비벼 봤지만 그래도 떨어지지 않았다. 옷감에 감 조각들이 스팽글보다 단단하게 붙어서 얼룩덜룩한 자국으로 남았다. 감을 갈고 보자기로 걸러서 그 즙만 쓰는 이유가 있었다는 걸 그제야 깨달았다.

어차피 히피스런 맛으로 입는다 싶어서 감 부스러기가 붙어 있는 얼룩덜룩한 면블라우스를 입고 다녔지만 내 마음에 흡족하지는 않았다. 내 마음은 아랑곳없이 감물 염색은 시간이 가면서 점점 더 짙은 색이 되었다. 광목치마는 캐러멜색에서 밤색으로 아름답게 익어 갔다. 이듬해 더운 여름에 입어 보니 천이 살에 감기지를 않아서 옷을 입지 않은 것처럼 시원했다. 아, 저 군더더기들만 없으면 얼마나 좋을까 싶었다.

감물 염색은 시간이 흐를수록 짙어져 마침내는 검은색이 된다고 했다. 옛날 제주도분들이 누구나 입던 검은 옷이 무엇일까 했더니 그게 감물 들인 옷이었다. 제주도에서 유래했다는 감물 염색이 유명한데 시중에서는 갈색 감물 옷만 팔고, 막상 제주도에 가면 전통 복색은 갈색이 아니라 검은색이라는 것이 내게는 늘 의문이었다. 진짜 감물 염색은 검은색이 되는데, 왜 늘 그 흐리멍덩한 갈색 감물 옷만 판매하는지는 지금도 의문이다.

제주도에서 일상적으로 감물 염색을 했다는 걸 알게 되자 내 마음은 좀 더 가벼워졌다. 이게 일상적으로 이뤄졌다면 절대로 저렇게 힘들게 하진 않았을 것이라는 확신이 들었다. 흔히 갈옷이라 부르는 감물 염색옷은 명절옷이 아니라 일할 때 입는 옷이다. 감물 염색이 옷감을 까실하게 만들어서 더운 여름을 시원하게 날 수 있다는 걸 알아낸 똑똑한 사람들이 그렇게 일상복 하나 개선하자고 무지막지하게 노동력이 들어가는 방식으로 염색을 했을 리가 없다. 제주도 여자들이 농사짓고 물질하고 몸이 열 개라도 모자랄 판으로 일을 많이, 잘하는 사람들인데 좀 더 쉬운 방법을 찾아서 했을 게 틀림없다고 확신했다.

전통염색에 대한 논문들을 찾아 읽었다. 전통문헌의 내용을 실제로 검증해 본 권위 있는 대학의 석사학위 논문과 초등학교 교사들의 과학경진대회 논문까지 다양했다. 팥배나무는 서유구의 『임원경제지』나 인터넷 검색에서는 붉은 색을 들일 수 있다고 나오지만 실제로는 노란색이 잘 되는 것으로 나오며, 자작나무 껍질로는 분홍색을 들일 수 있다고 했다.

감물 색은 풋감으로만 들일 수 있는 것도 아니었다. 이건 풋감 속에 많은 탄닌 성분을 천에다 입히는 것이라 탄닌이 들어 있는 식물이면 무엇이든 됐다. 모과로도 녹차로도 도토리로도 심지어 바나나 껍질로도 가능한 게 탄닌 염색이었다. 풋감이 더 흔했고 더 쓸모가 없어서 감물 염색으로 정착한 게 틀림없었다. 탄닌 성분만 쉽게 빼내면 그렇게 힘들게 감물 색을 들이지 않아도 된다.

탄닌은 물에 잘 녹는다. 뜨거운 물에는 더 잘 녹는다. 녹차의 탄닌

을 우려내는 방식을 써 보았다. 감물 만들자고 물을 끓여 풋감을 우릴 것까지는 없었고 장마에 빗물을 받은 항아리에 풋감을 넣었다. 매일 마당에 산보 나갈 때마다 바닥에 널려 있는 풋감을 주워 항아리로 던졌다. 찬물에 우리는 더치풋감인 셈이다. 며칠 두면 탄닌 성분이 물속으로 잘 우려 나올 것이다.

다음 날 햇볕이 쨍쨍 나자 항아리에 감이 떠오르지 않도록 찜기 삼발이를 넣고 웃물에 광목을 담갔다가 빨랫줄에 널었다. 염색은 쉬웠지만 색은 옅었다. 다음 날에도 했더니 감이 삭으면서 삼발이를 써도 감 찌꺼기가 달라붙었다. 이 방법은 실패였다.

이번에는 감이 삭지 않도록 냉장고에 모았다 며칠 후 믹서로 갈았다. 믹서기가 돌아가게 물을 보탰다. 그렇게 죽처럼 만들어진 감 덩어리에 천을 두루마리로 말아서 넣었다. 꾹꾹 눌러서 두루마리째 짰더니 안까지 완전히 적셔졌다. 겉에만 감 조각이 붙어서 그것만 털면 되는 점은 좋은데 감에 직접 대고 비빈 두루마리 겉쪽이 확실히 진하게 물들었다. 두벌 염색할 때는 안쪽이 절반씩만 젖어서 아예 무늬가 생기기도 했지만 우리는 방식보다는 확실히 물이 잘 들었고 힘들지도 않았다.

이 이야기를 들은 원주 친구가 녹즙기를 쓰면 되지 않냐고 묻는다. 그러게, 우리 집에 세간이 없어서 그런 생각을 못했다. 녹즙기로 짜서 천을 다 풀어서 담그면 쉽고 고르게 될 것을 뭘 그리 어렵게 실험까지 한다고 했을까. 풋!

그러니 사람들아, 값진 것을 누구나 편하게 즐기고 살자.

값지지만
값싼

우즈베키스탄밍크는 내가 우즈베키스탄으로 출장을 갔을 때 산 라마털 숄이다. 가로 80, 세로 80센티 크기에 코바늘로 짰다. 어찌나 따뜻한지 밍크코트를 입으면 이 정도가 아닐까 싶어서 그렇게 부르고 있다. 색깔은 라마털의 갈색 그대로라 안데르센의 동화에 나오는 공주가, 마법에 걸려 백조로 변한 오빠들을 위해 가시풀로 짜서 던져줬다는 숄이 바로 이런 색이 아닐까 싶다. 마른 풀같이 가라앉은 색깔. 이 숄을 나는 2000년 여름 사마르칸트에서 샀다.

신라시대 경주부터 로마까지 이어졌다는 실크로드의 중간 오아시스에 번성했다는 그 역사적인 도시의 시장에는 이제 한국산 공장제 생필품이 가득했다. 그 시장 초입에 50대 중반은 됨 직한 아주머니 한 분이 한쪽 팔을 쭉 뻗어 숄 두 개를 내밀고 서 있었다. 하나는 흰색이고 다른 하나가 바로 이 마른 풀 같은 숄이었다. 만져 보니 흰색은 화학실이었고 이 숄은 라마털이 분명했다. 얼마나 폭신폭신한지 한줌 쥐자 부품하던 부피가 흔적도 없이 줄어들었다.

가격은 둘 다 10달러였다. 내가 이쪽을 골랐더니 아주머니는 오히려 반기는 표정이었다. 화학실은 시장에서 돈 주고 샀을 테고, 이 실은 아주머니네 집에 있는 라마의 등을 빗어서 나왔을 테니 이분에게는 공짜였을 것이다. 이 큰 걸 짜려면 꽤 오래 모으고 꽤 오래 짰겠지만 재료값이 덜 들어 반기는 듯했다.

폭신한 것은 만져 봐서 알았지만 그렇게 따뜻할 줄은 몰랐다. 등에 두르면 한기가 가셨고 배에 두르면 온기가 몰려 왔다. 부암동의 추운 겨울에 이불 안에 넣어 두면 내 체온을 하나도 안 빼앗겨서 후끈후끈해진다. 온 세상의 따뜻함을 솜털 같은 부드러움으로 다 모으는 듯하다. 숄로도 쓰고 여행 다닐 때 간이담요로도 쓴다. 이렇게 좋은 걸 10달러에 누려도 되나 싶다.

여름이면 하고 다니는 멕시코 은목걸이도 10달러짜리다. 굵은 은테에 도리아식 파도무늬만 앞쪽으로 파여 있는 단순한 디자인이 멋스럽다. 이 글을 쓰려고 요리저울로 무게를 재 보니 35그램이다. 은값만 해도 20달러는 넘는다.

멕시코는 은광산이 유명해서 1988년 멕시코를 갔을 때 시장에 가니 은제품만 파는 골목이 있었다. 1달러짜리가 아주 흔했고 10달러짜리는 비싼 축이었다. 독특한 문양이 발달한 나라답게 어떤 물건이나 아주 세련되고 아름다웠다. 거기서 친지들을 위한 선물을 사고 나를 위해 산 게 이 목걸이였다. 30년이 흘렀지만 하고 나갈 때마다 사람들이 어디서 샀냐고 묻는 장신구이다.

멕시코에서는 당시 알파카털로 만든 스웨터도 2달러인가, 3달러인가에 샀다. 내가 손빨래를 잘못하는 바람에 크기가 약간 줄었지만 여전히 겨울이면 한 장만 입어도 따뜻하다. 멕시코의 스웨터 무늬는 단순한 문양을 반복한다는 점에서 덴마크의 모직 스웨터와 디자인은 비슷한데, 300달러 이상에 살 수 있는 덴마크의 모직 스웨터가 오히려 멕시코 스웨터보다 털이 좋지 않다.

애들 셋을 데리고 2002년 쇼핑의 천국이라는 홍콩을 갔을 때 내가 산 건 딱 하나, 역시 10달러짜리 천가방이었다. 홍콩을 고른 건 쇼핑하기 위해서가 아니었고 막내의 첫 외국여행이라 입이 짧은 아이를 위해 미식도시를 골랐다. 진짜로 아들은 홍콩식 마파두부와 딤섬 등을 아주 잘 먹었다. 원래도 여행을 하면 쇼핑을 잘 안 하는데 우리나라로 치면 다이소 같은 저가마트를 지나다가 캐멀색 바탕천에 붉은 모란 무늬 그림이 눈에 띄어서 샀다.

홍콩 물가치고는 싼 물건답게 가방 끈은 인조가죽이어서 늘 꽉 채워 들고 다니는 주인의 습성을 못 이기고 몇 년 되지 않아 떨어지고 말았다. 천이 예뻐서 장 안에 넣어 두고 어떻게든 고쳐 써 보리라 마음먹었다. 최근에 남편이 가죽공예에 취미를 붙여서 매일 쿵쾅거리면서 뭘 만들길래 가방끈을 해 달라고 꺼냈다. 가는 가죽을 세 줄로 땋아서 끈을 만들었더니 역시나 보는 사람들마다 멋지다고 난리다. 올해 유행이 또 화려한 꽃무늬라.

스페인 세비야에서였나? 대성당으로 가려고 버스를 내렸는데 공원 입구에서 아프리카계 청년이 노점상을 하고 있었다. 얇은 돌에 철사를 꼬아 만든 목걸이가 멋있어서 물어보니 2유로라고 했다. 싸구려 재료지만 디자인을 멋지게 해서 세상에 단 하나뿐인 목걸이였다.

이것도 한국에 와서 하고 다니면 굉장한 물건으로 대접받는다. 젊은 이를 위한 디자인이었던지 목이 두꺼워지면 꽉 끼는 게 유일한 흠이다. 그래서 열심히 운동해서 목을 날씬하게 유지하려고 한다.

생각해 보니 나는 값지지만 값싼 물건을 좋아한다. 이 물건들이 싼 데에는 현지의 값싼 노동력을 착취한 탓이라고 말할 사람도 있겠지만, 휴대전화나 명품이라는 옷과 운동화들이 얼마나 싸게 만들어져 얼마나 비싸게 팔리는가를 생각하면 싸게 만들어 싸게 팔리는 게 아니라 싸게 만들어 비싸게 팔리는 문제가 심각하다. 생산자가 아닌 사람이 남겨 먹는 가격이 지나치기 때문이다.

그래서 행동주의 심리학자 B. F. 스키너는 『월든 투』에서 어떤 물건이든 딱 필요한 만큼만 최고의 품질로 만들어서 쓰면, 누구나 조금만 일하고도 매우 풍요롭게 살 수 있다는 이상향을 그려 보였다. 충분히 현실 가능한 방법인데도 이게 지금도 이상향으로만 남아 있는 것은, 인간세상에서는 쓰지도 않을 이윤을 더 남겨서 쌓고 싶은 인간의 심리 자체를 통제하는 게 가장 어렵기 때문일 것이다. 누구나 값진 것을 누리는 세상이 오게 하려면 어떻게 해야 하는 것일까, 그게 요즘 나의 관심사이다.

내가
돈 쓰는 법

친구가 "오늘 차림 멋지다" 하길래 가격을 읊어 줬다. 이거 딸이 사 준 티, 이거 딸이 버리는 바지 주워 입은 거, 이 가방 16년 전 홍콩 가서 만 원 주고 샀는데 끈 떨어져서 남편이 고쳐 준 거, 이 샌들 스페인에서 만구천 원에 산 거. "오늘 차림의 토탈 가격이 이만구천 원이다." 친구도 웃고 나도 웃었다.

중학동창인 친구와 나는 수요일마다 우리 동네에서 독서모임을 했는데 최근에 에밀 졸라의 소설 『여인들의 행복 백화점』을 읽었다. 한때 쇼핑에 중독된 것처럼 백화점을 다녔다는, 그리고 여전히 예쁘고 비싼 옷을 좋아하는 친구는 이 소설에 나온 갖가지 묘사가 여성들의 심리를 무척 잘 드러낸다고 재미있어했다. 이 소설에는 백화점을 자주 가기는 해도 절대로 지갑은 열지 않는 부르들레 부인이라는 인물이 있는데 그 사람이 딱 나라고 친구가 놀렸다. 나도 인정했다. 그게 기억나서 멋지다는 옷 가격을 줄줄이 읊은 것이다. 백화점 쇼핑을 안 해도 멋지게 입는 데는 지장이 없다는 주장이었다. 딸내미가 내게 사 준 옷도 백화점 물건이 아니다.

어버이날 선물로 딸들이 좋은 옷을 사 주겠다고 했다. 엄마가 너무 옷을 안 산다는 게 이유였다. 사지 말라고 했다. 살을 빼서 너희들 옷을 같이 입겠다고 했다. 그날부터 나는 실내자전거를 매일 한 시간씩 타고 있다.

그렇다고 내가 늘 후줄근하게 하고 다니지는 않는다. 패션담당 선배가 일러 주길 멋진 재킷 한두 벌 있으면 싸구려 티셔츠와 바지를 입어도 태가 난다고 했다. 멋진 재킷이 내게도 몇 벌 있다. 젊을 때는 호리병 몸매였고 나이 들어 허리만 뚱뚱해졌을 뿐이라 엉덩이에 맞춰 산 20년 전 옷도 여전히 잘 입고 있다. 옛날 옷도 여전히 입을 수 있는 건 나중에 봐도 촌스럽지 않은 디자인을 골랐기 때문이다.

얼마 전에는 전철역에 차려진 5천 원짜리 땡처리 옷가게에서 실키면으로 된 가디건을 샀다. 그거 사자고 10평은 넘는 그 매장을 샅샅이 뒤진 것도 아니고 서너 군데 옷걸이를 둘러보고 그럴 듯한 게 있으면 산다. 돈보다 더 아까운 것은 시간이니까. 우리나라 옷들이 워낙 소재도 좋고 바느질도 좋아서 디자인만 잘 고르면 오래 입는 것은 전혀 문제가 되지 않는다. 빨리 사도 몇 년을 입을 수 있는 디자인을 고르는 비결은 색채에 대한 감각이 있기 때문 아닐까. 그러니 옷값을 아끼고 싶다면 쇼핑에 오랜 시간을 쏟기보다는 미술관을 많이 가는 게 낫다.

중년여성이 가장 하고 싶은 머리형은 무엇일까. 커트나 단발머리 굵은 파마가 아니다. 숱 많은 머리이다. 아무리 돈을 들이부어도 숱이 없으면 초라해 보인다. 그래서 머리를 부풀리려고 파마도 하고 코

팅도 하고 온갖 돈을 머리에 쏟아 붓는다. 나는 머리를 맹물로 감으면서 숱이 많아졌다. 맹물로 감으면 자연곱슬이 살아나서 굳이 파마할 이유도 없다. 샴푸값도 안 든다. 흰 머리가 있어도 염색을 할 생각은 없었는데 흰 머리도 별로 없다. 화장을 안 하니 화장품 값도 안 든다. '자외선 차단은 꼭 해 주라'는 말을 듣고 몇 번 자외선 차단제를 사기도 했는데 다섯 번 안쪽으로 바르고는 그만이라 그것도 끊었다. 얼굴이 갑갑해서 계속 바를 수가 없었다. 대신 모자를 쓰고 다니고 과일이나 채소를 많이 먹기로 했다. 그런데도 딱히 더 늙은 건 아니고 또래만큼 늙었다.

그러니 내가 돈을 쓰는 데는 식비와 공과금이 거의 전부이다. 먹는 데에는 돈을 아끼지 않는다. 외식을 별로 하지 않고 집에서 좋은 음식을 만들어 먹는다. 어쩌다 여행을 간다. 꽃을 산다.

친구들과 퇴직 후의 씀씀이에 대해서 이야기를 나누다 보면 우리 집 생활비를 믿기지 않아 한다. 너무 적다는 것이다. 먹는 일 말고는 돈 들어가는 데가 거의 없으니까 당연하다. 가계부는 쓰지 않아서 이 글을 쓰려고 카드 명세서를 살펴보았더니 카드 씀씀이 중에 식비가 차지하는 비중이 지난달은 70.1%였다. 캐비어와 트러플을 쌓아 두고 먹는 것은 아니지만 먹는 데에는 돈을 아끼지 않고 싱싱한 제철 음식을 아주 잘 먹고 산다.

책을 서점에서 사 봤다면 책값이 많이 들었겠지만 모두 도서관에서 빌려 본다. 대신 우리 동네를 벗어나 서대문구 도서관까지 버스를 타고 가는 일도 많다. 차가 있을 때에도 차를 몰기보다는 대중교통을 이용했다. 일부러 헬스를 다니느니 버스나 지하철을 타면 알아서 운동이 됐다. 친구들과 잠실에서 만나 영화를 봤는데 영화관 가까이 있는 마트의 고기와 과일이 싱싱하고 쌌다. 5킬로 정도의 장을 봐서 지하철과 버스로 돌아왔다. 무거웠냐고? 들고 다닐 만했다.

아이들은 같이 살기는 해도 둘이 대학을 졸업하면서 경제적인 독립을 해서 내가 돈을 들이지 않아도 된다. 잘 먹고 마음이 편해서인지 우리 가족 모두가 황소처럼 튼튼하다. 술을 많이 마시는 남편만 고혈압이 있고 나머지 가족은 1년 가야 병원 가는 일이 거의 없다.

그러고 보면 노후를 대비하는 최고의 방법은 자녀를 독립적으로 키워 내고 스스로는 건강을 유지하는 것이다. 물론 누군가는 평생 갈 일자리를 찾는 것이라고 말하겠지만 내 능력 밖의 일로 나를 갈구지 않는 것 또한 중요한 건강 비결이다.

불교경전인 『맛지마니까야』에는 이렇게 적혀 있다.

"고귀한 자의 계율에서는 이것들을, 버리고 없애는 삶이라고 부르지 않고 지금 여기에서의 행복한 삶이라고 부른다."

5장

향기만이 현재이다

은밀한 정원

가만히 있어도 땀이 줄줄 흐르던 여름이었다. 오후 1시쯤 되어 동백나무에 물을 한 번 주겠다고 나섰다. 동백나무가 있는 곳은 오전 9시에서 11시 반까지만 햇볕이 내리쬐는 곳이라 그늘이 지고 나면 언제든 물을 줄 수 있다.

샤워기처럼 물이 쏟아지는 정원용 호스를 켰는데 이게 웬일. 물이 너무 뜨거워서 나무에 줄 수 없었다. 수도가 없는 뒷마당에 나무 몇 그루를 새로 심고 매일 뒷마당으로 네댓 동이의 물을 들고 나르는 나를 안쓰럽게 여겼는지 남편이 정원용 호스를 사 왔었다. 호스 길이는 24미터나 됐고 끝에는 소방서에서 쓴다는 노즐이 달려 있었다. 수도까지 가지 않아도 노즐을 조절해서 물을 켜고 끌 수도 있어서 아주 편리했다. 다만 호스가 길고 무거워서 매일 정리하기가 귀찮길래 아예 옆마당 수도에 꽂아 둔 채로 그 긴 줄을 바닥에 늘어놓았다. 수도가 있는 자리는 시멘트로 덮여서 맑은 날이면 땡볕이 사정없이 내리쪼였다. 그 땡볕을 받으며 호스 안에 갇혀 있던 물이 데워진 모양이었다. 하는 수 없이 양동이에 받아 두었다가 식은 다음에 동백나무에 주었다.

다음 날 나는 수건과 갈아입을 속옷을 들고 비슷한 시간에 옆마당으로 나가 봤다. 집에는 아무도 없었다. 동백나무 뒤에 서서 보니 이 위치에서는 모든 곳으로부터 은폐가 됐다. 멀리 백사실로 가는 동네 뒷산 언덕에 드라마 「커피프린스 1호점」으로 유명해진 카페가 있고, 그 옆으로 근년에 새로 지은 집이 두 채 있는데 수도 너머의 감나무 가지에 가려졌다. 거기서 정원용 호스를 틀고 샤워를 했다. 더우니까 찬물 샤워도 각오하고 시도해 보았는데 머리를 감고 온몸을 씻기까지 충분히 더운물이 나왔다.

내가 어렸을 때는 주말마다 텔레비전에서 외국영화를 많이 틀어줬다. 시기가 시기인 만큼 2차 대전을 전후한 미국영화가 압도적으로 많았는데 「남태평양」(1958년작, 1961년 한국개봉)도 그중 하나였다. 남태평양에 주둔한 미군과 현지인들 사이 이야기를 그린 뮤지컬 영화이다. 이런 영화를 볼 때마다 그들이 옹색하게 마련하는 야외 샤워 시설이 내 눈에는 굉장히 낭만적으로 보였다. 어른이 되어서 본 「내 책상 위의 천사」(1990년작, 1994년 한국개봉)라는 호주영화에서도 가장 인상적인 장면은 여주인공이 스페인에 가서 나체로 헤엄을 치는 장면이니 내게 아마 야외에서 벗는 것에 대한 선망이 있었던 건지도 모르겠다. 하기야 누군들 이 자유를 꿈꾸지 않겠는가. 누구는 지리산 등산을 하다가 한밤중에 뱀사골 계곡에서 깨벗고 목욕을 해 봤느니, 동해안 하조대에는 나체 헤엄을 쳐도 가능하게 해안선이 움푹 들어간 곳이 있다느니 하는 이야기들을 했지만 결벽증이 심했던 나는 아

무리 깜깜하고 사람들이 안 본다고 해도 그런 모험을 감행할 수 없었고, 그게 더 마음속에 버킷리스트로 적히지도 않은 버킷리스트가 되었던 건지도 모르겠다.

어쨌든 그날 동백나무 뒤에서 과감하게 최초의 야외 샤워를 했다. 마음이 조마조마해서 한 번 더 하고는 그만두었다. 옆집에는 담 위로 올라가기를 주저하지 않는 아주머니가 살고 있었고 바로 이 경우에는 은폐가 안 되었다.

사흘째 되는 날은 오후 3시쯤 양동이를 들고 나갔다. 양동이에 더운물을 받아 보니 5리터는 넘었다. 목욕탕으로 가져와서 샤워를 하려고 보니 너무 뜨거워서 찬물을 섞어야 할 정도였다. 오, 햇볕의 힘이라니! 샤워할 때 샴푸를 쓰지 않고 비누도 어쩌다 쓰니 찬물을 보탠 5리터의 뜨거운 물이 남았다. 한 손으로는 바가지를 잡고 한 손으로만 몸을 닦으니 시간이 더 걸려서 그렇지 샤워기에서 이 물이 쏟아져 나온다면 이보다도 물이 덜 들겠다 싶었다. 게다가 야외에서 샤워를 하면 그 물은 하수구로 버려지지 않고 흙으로 돌아간다.

나는 옆마당에 샤워기 꽂이가 있는 은밀한 정원을 만들자 싶었다. 영국의 대갓집 정원에는 반드시 은밀한 정원이 있다. 이웃으로부터 완전히 은폐가 되도록 나무를 빙 둘러 심어서 남의 시선은 신경 쓰지 않는 자유를 즐기는 공간이다.

옆마당 시멘트에도 차차 나무를 심어 갈 생각이긴 했는데 은밀한 정원을 구상하자 나무의 위치가 달라졌다. 집에 붙여 키우려던 팥배나무를 옆집과의 담 가까이로 심기로 했다. 팥배나무는 배꽃 같은 흰

꽃이 배꽃보다는 작게 무리지어 피는데 키는 10미터 넘게 자라는 교목이다. 이 나무 역시 우리나라 특산으로 외국에서는 한국산물푸레나무korean mountain ash로 불린다. 재작년에 동네 도서관에서 청운동으로 내려가는 야산에 새 길을 내려는지 북쪽방향 나무들이 마구 베어져 있었는데 그중 하나로, 잘린 나무를 데려와서 대문 앞 모과나무 옆에서 키우고 있다. 이제 겨우 30센티라 담 이상을 가리려면 못해도 5년은 기다려야 한다. 그 사이에 동백나무도 키가 크고 무성해지겠지.

그때까지는 계속 양동이를 쓸까, 가림막을 하나 살까 이게 요즘 내 고민이다. 이렇게 쓰긴 했지만 이미 나는 40여 년 전 아버지가 하와이 출장길에 사다 준 것이라 버리지도 않고 모셔 둔 주황색 수영가운에 회색 천을 붙여서 목욕가운을 만들었다. 회색 천을 댄 것은 집에 있는 자투리 천 가운데 그게 그나마 색깔이 맞았기 때문이다. 주황색과 회색을 조화시키기 위해 주황색 실로 틀질을 했고 내처 회색 천 위쪽에 주황색 실로 커다란 거미줄까지 박아 넣었다. 이 거미줄에는 다른 자투리 천에 있던 빨간 코끼리를 오려 붙였다. 둘째가 어릴 때 잘 부른 동요 "커다란 거미줄에 코끼리가 걸렸네. 신나게 그네를 탔다네"가 기억나서다.

주황색 천이 나중에 생기면 참나리도 몇 송이 아래쪽에 붙일 생각이다. 박음질은 엉성하지만 어차피 누구한테 보여 주자는 게 아니니까.

라임색 꽃이던 시절

어렸을 때 『작은 아씨들』이라는 동화책을 읽으며 제일 궁금한 것은 라임이라는 과일의 정체였다. 이기적인 막내 에이미가 다른 친구들은 다 가져와서 한턱 쏘는데 자기만 못 가져가서 안달한다는 과일이라니 얼마나 상큼하고 맛있는 것일까 생각했는데, 우리나라로 치면 탱자 정도의 향기 강한 신맛의 시트론 계열 과일인 걸 알고 얼마나 실망했는지. 그러나 라임에 대한 서구인들의 애정은 우리의 생각을 넘어서는 듯하다. 원기를 살리는 음료의 재료이자 음식을 더욱 맛있게 하는 향신재의 대명사였다. 모르긴 몰라도 다 익어도 여전히 푸른 라임의 색깔이 그것을 영원한 생명력의 상징으로 보이게 하는 데에 한몫을 하는 듯했다. 동양은 매실이라면 서양은 라임이랄까.

불두화는 서양에서는 나무수국으로 불린다. 수국처럼 가짜 꽃이 둥근 덩어리를 이루고 있으니 그렇게 분류한다. 우리나라에서는 부처님 오신 날 무렵에 피고 둥근 꽃봉오리 모습이 불상의 곱슬곱슬한 머리를 닮았다고 하여 수국과는 생판 다른 이름인 불두화로 불린다.

이 꽃은 수국 종류들과 마찬가지로 처음에는 연두색이다가 차차

자기 색깔— 불두화라면 흰색—을 낸다. 다만 수국은 좁쌀처럼 작을 때에만 연두색이다가 꽃송이 모양을 이룰 때면 제 색을 찾아가는 데 반해 불두화는 꽃 덩어리가 형성되고도 연두색인 기간이 꽤 오래간다. 그런데도 나는 불두화가 흰색이 될 때까지는 꽃이 덜 핀 상태로 생각했다. 우리나라에서 불두화를 찍은 사진이 열이면 열 모두 흰색인 걸 보면 이렇게 생각하는 건 나 혼자만은 아니다.

반면 서양 사람들은 불두화의 매력을 연두색 꽃에 두고 이걸 '라임색 꽃이 핀다'고 표현한다. 누군가는 흰 꽃으로 가기 위한 과도기로만 보는 연두색 덩어리 자체가 그것의 꽃이고 매력이라는 것이다. 당연히 불두화 사진은 라임색인 게 압도적으로 많다. 흰색 꽃을 피우는 식물이야 많지만 라임색 꽃은 얼마나 귀한가.

영화나 드라마에는 가진 것을 다 바쳐서라도 젊은 시절로 돌아가고 싶다는 인물들이 가끔 나오는데 나는 억만금을 받는대도 젊은 시절로는 돌아가고 싶지가 않다. 특히나 청소년기는 너무도 암울해서 내가 그 시기를 살아 나온 것이 기적 같다고 생각할 정도이다. 꽤나 밝고 명랑했던 나는 초등학교 5학년 때 교사로부터 폭력을 당했다. 평소 태도가 건방지다는 이유였는데 책상에서 맞기 시작해서 복도로 피해 갔지만 쓰러질 때까지 주먹질이 계속됐다.

폭력보다 가혹한 것은 때리면서 교사가 입으로 내뱉는 악담이다. 너 같은 애는 뭐가 될지 뻔하다는, 너는 나쁜 아이이고 내 폭력은 정당하다는 악인들의 끊임없는 자기합리화. 그리고 맞은 후 후유증은 폭력 자체보다 폭력을 피하고 싶어서 살려 달라고 빌었던 자기 자신

의 약해진 모습에서 더 크게 온다. 차라리 맞아서 죽을지언정 그런 나쁜 인간에게 비굴하게 굴었던 자신을 용서하기가 힘들어진다.

이듬해 6학년이 되자 새 담임은 이전 담임에게 전달받았다며 나의 건방진 버릇을 고친다고 또 내게 손찌검을 했다. 혼자 있을 때면 끊임없이 떠오르는 이때의 기억과 싸우면서 나는 청소년기를 보내야 했다. 나는 남이 나를 통제하지 못하도록 어서 어른이 되고 싶었다. 그리고 그때 어른 대 어른으로 이 두 인간을 반드시 응징하겠다고 마음먹었다.

80년대 중반쯤인가 교육청에서 스승의 날 은사를 찾아 주는 기획을 했다. 교육청에 전화하면 옛날에 가르친 교사들의 현재 연락처를 준다고 했다. 나는 고맙고 그리운 은사 송강원 선생님과 함께 서울 돈암초등학교에서 1970년과 1971년에 재직했던 두 폭력교사의 연락처를 찾았다. 만나서 폭력의 맛이 어떤지 꼭 가르쳐 주고 싶었다. 아쉽게도 그 누구의 연락처도 찾을 수 없었다.

폭력교사들의 악담이 무색하게 어쨌든 나는 꽤 근사한 어른이 되었다. 내가 어린 시절의 학교폭력을 굳이 드러내는 이유도 이 때문이다. 가해자의 잘못을 피해자에게 뒤집어씌우는 못된 소리 따위는 절대로 실행되지 않는다는 사실을 지금도 폭력에 시달리고 있는 누군가는 알고 힘을 내길 바라서이다. 내가 멀쩡한 어른이 되기까지 얼마나 힘들고 어두운 시간을 보내야 했는지는 오직 나만 알겠지만. 나를 더 힘들게 했던 건 그들의 악담처럼 내가 정말 형편없는 인간일지도 모른다는 회의였다. 이 글을 읽으면서 피해자들이 그 고통만큼이라도 덜기를 바란다.

운 좋게 폭력과 무관하게 살았던 사람들은 폭력을 당한 사람이 폭력을 휘두르는 사람이 된다고 쉽게들 단언한다. 부모에게 학대받은 사람이 자식을 학대한다고 통계를 인용한 기사들이 범람하던 시절도 있었다. 하지만 시집살이 독하게 받은 며느리가 독한 시어머니가 된다느니, 맞고 자란 자식이 학대하는 부모가 된다느니 하는 주장은 피해자에게 덮어씌우는 또 하나의 편견일 뿐이다. 나는 아이 셋을 때리지 않았고 어린 시절은 그 자체로 중요하니 마음껏 뛰놀라며 키웠고 아동학대나 학교 폭력을 비판하는 입장에서 기사를 썼다.

아직도 곳곳에서 어린이와 청소년들을 향한 폭력은 계속되고 있다. 어린이와 청소년기를 잘 나가는 어른이 되기 위한 유예와 볼모의 시기로 생각하는 어른들에 의해 어딘가에서 누군가는 숨 막히는 시간과 가혹한 비난, 때로는 매질까지 참아 내야 한다.

불두화는 흰 꽃이 되기 위해 연두 꽃을 피우는 것이 아니라 연두 꽃 자체가 드물고 아름다운 불두화이다. 제발 이 라임색 꽃의 귀함을 모두가 깨달았으면 좋겠다.

상산의 향

20여 년 전에 제주도 성산 일출봉을 지인들과 내려올 때인데 어디서 더덕향이 났다. 더덕향이 나면 틀림없이 주변에 더덕이 있다고 생각하고 주변을 찾아봤지만 더덕 덩굴은 전혀 보이지 않았다. 더덕향을 맡아 낸 내가 신기하다며 지인들도 더덕을 찾아보라고 응원했지만 찾을 수가 없었다. 다들 내 코가 틀렸다고 느꼈을 테고 나는 나대로 내가 더덕잎을 못 찾을 정도가 됐나 하고는 잊어버렸다.

작년에 친구들과 제주도에 놀러 갔는데 에코랜드의 숲에서 다시 더덕향을 맡았다. 더덕이 있나 보네 하고 걷는데 거기는 나무마다 설명이 붙어 있어서 더덕향의 비밀을 알게 됐다. 상산이라는 나무의 향기가 더덕처럼 난다고 했다. 잎에 가까이 가서 맡았을 때는 레몬잎의 향기가 났는데 멀리 풍기는 향기가 더덕향이었다. 20여 년 전에 더덕 덩굴을 못 찾았던 이유가 바로 이 나무의 향기였기 때문이었다.

상산은 제주도에서는 아주 흔한 나무라고 했다. 제주도와 전라남도에서 주로 자란다기에 서울에 오자마자 나무를 사려고 검색을 했다. 인터넷 매장에는 분재용 나무만 비싸게 몇 그루 나와 있는데 그나마 품절이었다.

산림청 산하 나무시장이라는 곳에 지역별 전화번호가 있어서 전남지역에 전화를 했다. 제주도에서 비행기로 공수하는 것보다는 전남이라면 더 쉬울 것 같았다. 전화를 받은 사람은 상산이라는 나무가 뭔지도 몰랐다. 물론 팔지 않는다고 했다. 다시 제주도의 나무시장에 전화를 했더니 상산을 알기는 하는데 팔지는 않는다고 했다. 어떻게 구하느냐고 했더니 대답이 이랬다.

"산에 많잖아요."

"그럼 산에 걸 캐요?"

"그럼 안 되지요."

"그러니까요. 그래서 돈 주고 사겠다는 겁니다."

"나무시장에서는 산에 흔한 건 안 팔아요. 사람들이 찾질 않아요."

"제가 찾잖아요."

그다음부터 이어지는 대화는 다시 산에 있다, 산에 있는 걸 캐 오면 안 되지 않느냐는 도돌이표였다.

이런 답답한 실랑이를 하고 일주일도 되지 않았는데 제주의 생태조경가인 김봉찬 씨가 몇 년 만에 전화를 해 왔다. 평강식물원, 곤지암화담숲, 국립백두대간수목원 등 자연스러우면서도 빼어나게 아름다운 곳을 만든 전문가이다. 생태전문가로서 서울고가공원이 하도 답답해서 전화를 했다고 했다. 나 역시 그즈음 외국으로 한국문화를 알리는 공공문화재단에서 서울고가공원에 대한 원고청탁을 받았지만 좋은 점과 나쁜 점을 두루 써야 한다기에 거절한 터였다. 식물을 아는 사람이라면 고가공원에 대해 좋은 점을 쓰기 힘들다. 김봉찬 씨는 곧 있을 학술발표를 위해 고가공원을 차근히 돌아보며 문제점을 조목조목 따지려고 하니 함께 돌아보자고 했다.

제주도 사람이 전화했길래 나는 또 상산을 이야기했다. 그 나무 좀 사서 마당에 심고 싶은데 살 수가 없다고. 그는 씨를 받거나 꺾꽂이를 해야지 지금은 없다고 했다.

막상 서울고가공원을 함께 씩씩대며 돌아본 다음에 저녁을 먹는 자리에서 이야기를 들어보니 제주에는 버려지는 상산이 흔한 듯했다. 상산이라는 나무 자체가 제주도에 워낙 흔한 나무라서 신개발지마다 파헤쳐지는 곳에는 상산도 많다고 했다. 그러니까 나무가 없어서가 아니라 내가 그 흔한 나무를 왜 찾는지를 도대체 이해할 수 없어서 나무를 구해 주지 않는다 했던 모양이다. 상산은 나무의 모양이 아름다운 것도 아니고 꽃이 고운 것도 아니고 그저 더덕향이 나는 것인데 그 향에는 사람마다 호불호가 갈린다고 했다. 그는 내 속내가 궁금한지 다소 도발적으로 왜 상산을 심으려 하는가를 물었다. "볼품없는 나무잖아요?"

내 대답은 이랬다. "깊은 숲이 아닌데도 깊은 숲의 향을 낼 수 있으니까요" 그는 감탄한 듯 무릎을 쳤다. 그러나 제주도로 돌아가서도 상산은 보내 주지 않았다.

상산은 난이나 모란처럼 향기가 멀리 간다. 난이 달콤한 향을 내고 모란이 싱그런 향을 낸다면 상산은 쌉쌀한 향이 난다. 오래된 숲에서만 느낄 수 있는, 잘 부숙된 흙냄새와 비슷한 그런 향기다. 달콤한 향기보다는 싱그런 향이 귀하고 싱그런 향보다 쌉쌀한 향이 귀하다. 오랜 세월 나무들이 수많은 박테리아와 곰팡이 균에 삭아서 영양 가득한 흙으로 변화했을 때에야 나오는 향기이기 때문이다. 나무 한 그루가 단박에 그런 향을 풍긴다면 꽃이 보이지 않고 수형이 보잘 것 없어도 가치는 대단하다. 아직 사람들이 모를 뿐.

그러다가 나처럼 상산에 꽂힌 사람이 나타났다. 10년 만에 100년 숲을 만든다는 일본의 산림학자와, 그를 따라서 도심 숲을 만든 인도의 숲활동가를 취재했는데 한국에도 그런 일을 하는 사람이 있었다. 조경회사 수플리안 대표인 박상규 씨. 그의 차를 타고 성남시에 조성한 도심 숲을 가면서 나무에 대한 수다를 떠는데 그가 전남 화순 사람이라기에 내가 상산을 구하다가 복장 터진 이야기를 했다. 산에 있는데 팔지는 않는다니 도대체 어쩌라는 것인지 모르겠다고. 그는 깜짝 놀랐다. 그도 몇 년 전부터 상산을 보급하려고 삽목을 준비 중인데 사람들이 가치를 모르는 게 안타깝다고 했다. 그때가 2월인데 그는 삽목을 해서 꼭 주겠노라 약속했다.

그리고 5월, 그가 삽목한 상산 어린나무 세 그루가 우리 마당으로 왔다. 마당에서 잘 자라고 있지만 향은 아직 잘 나지 않는다. 나무가 어느 정도는 자라야 향을 강하게 풍기는 모양이다.

자, 이제 상산을 잘 키워 1사무실 1상산 할 때까지 널리 알리리라. 깊고 그윽한 숲의 향기를 모두가 누리는 그날까지. 아자!

구부러진 길을 지나 아스라한 곳으로

동양의 이상향, 무릉도원을 묘사하는 이야기는 이렇게 시작된다.

"진나라가 막 시작됐을 무렵 무릉의 어부가 배를 저어 강을 따라 가다가 길을 잃었다. 갑자기 복숭아 숲이 나타나더니 양쪽 언덕 사이로 수백 보 거리를 더 저어가도 다른 나무는 하나 없이 신선한 향기가 가득하고 아름다운 꽃잎이 떨어져 흩날렸다. 어부가 매우 이상하게 여기고 그 숲의 끝까지 가보았다. 숲이 끝나는 곳에 수원水源이 있었고 산이 하나 나왔다. 산에는 작은 동굴이 있는데 마치 빛을 내뿜고 있는 듯했다. 어부는 배에서 내려 동굴로 들어갔다. 동굴에 들어갈 때는 겨우 사람 하나가 다닐 만큼 좁았으나 몇 십 걸음을 걸으니 시야가 환하게 트였다."

그렇게 나타난 세상이 바로 너른 땅에는 곡식이 잘 자라고 먹을 것들이 넘치며 모든 이들이 웃으면서 살고 손님에게도 넉넉히 대접하는 낙원이었다. 사람 하나가 겨우 들어갈 만큼 비좁고 어두운 동굴을 지나니 나타나더라는 환하고 행복한 세상.

내가 처음 우리 집에 왔을 때 뒷마당을 본 느낌이 그랬다. 바짝 마른 안마당과 감나무가 있는 옆마당은 그저 그런 보통의 주택이었는데, 감나무 옆을 돌아서자 하늘이 환하게 열리고 북한산이 한눈에 들어왔다. 족두리봉부터 보현봉까지 길고 긴 연봉이 스무 평이 안 되는 뒷마당에 다 펼쳐지고 있었다. 그때부터 북한산은 내가 밥 먹으며 쳐다보고 식탁에서 글 쓰며 쳐다보고 주방에서 밥하면서 쳐다보는 우리 집 정원이 되었다. 한국과 중국의 정원철학에서는 차경借景이라고, 내 마당만 정원이 아니라 내 마당에서 보이는 모든 것이 내 정원이었다.

북한산 위로는 매일매일 바뀌는 하늘이 너르게 펼쳐져 있었다. 나는 이 툭 트인 뒷마당으로 가는 길을 좀 더 신비롭게 만들고 싶었다. 좁은 동굴을 지나니 너른 세계가 나타나더라는 무릉도원처럼 한 사람이 지날 만한 좁은 길을 옆마당에 만들기 시작했다.

감나무가 있는 동편은 찔레덩굴과 모란으로 이미 꽉 차기 시작했으니 그 맞은편, 집에 붙어있는 구역에 원추리와 노루오줌을 옮겼다. 북한산에서 씨를 받아 키운 산초나무와 원주 친구가 준 개쉬땅나무를 벽에 붙여 심었다. 개쉬땅나무는 감나무 쪽으로 휘어져 자라면서 정말 한 사람이 겨우 구부리고 들어가야 할 동굴 입구를 만들어 줬다. 5월이면 찔레꽃이 피고 6월이면 개쉬땅꽃이 피어서 이곳을 지나는 길은 신선한 꽃향기가 가득했다.

중국의 정원철학에는 곡경통유曲徑通幽가 있다. 구부러진 길을 지나 아스라한 곳으로 간다는 뜻으로 차경과 더불어 중국식 조경의 양대 핵심이다. 차경은 먼 곳의 경치를 빌린다는 뜻으로 정원으로 가꾸

는 닫힌 공간뿐 아니라 이 정원에서 보이는 열린 공간 전부를 정원으로 보는 개념이다. 차경은 멀리 있는 정경이니 당연히 원경이 되고 이 원경이 바로 아스라한 곳이다. 정원을 꾸밀 때 이 아스라한 경치는 그대로 공개하지 않고, 반드시 구불구불하고 빽빽한 숲길을 지나서 비로소 확 트인 곳으로 다가가게끔 꾸미는 것을 곡경통유라고 한다. 구불구불하고 어둑한 곳을 지나 확 트이는 곳으로 나아가니 아스라한 경치가 더욱 극대화된다.

컴컴한 동굴을 지나가니 갑자기 밖이 환해지면서 낙원이 나타났더라는 무릉도원 이야기는, 우리나라 설화에서는 효자가 겨울에 부모님을 구할 약을 찾으러 다닐 때 똑같이 반복된다. 굴이 어둡고 굴을 지나는 마음이 불안하고 무서울수록, 굴이 끝났을 때 빛은 더 밝고 바깥세상은 더 찬란하다. 이걸 조경으로 살린 것이 바로 곡경통유이다.

곡경통유는 비유적으로는 고난의 경지를 지나서 밝고 환한 세상에 이른다는 가르침이니 서양으로 치면 혹독한 단련으로 금이 생겨난다는 연금술의 비유와 같다.

지난 3년간이 내게는 곡경이었다. 부모님이 연이어 돌아가셨고 32년을 다닌 회사를 그만두었다. 박근혜를 비판한 칼럼을 쓴 후 계속 회사의 압박을 받았고 언론인으로 부당한 압박에는 응할 수 없다는 이유로 회사를 그만뒀다. 올바르게 살기 위해 밥줄을 놓았다는 사실에 대해 보상을 바라지는 않았지만 남들이 알아주기는 바랐다. 세상은 알아주지 않았다. 부모님의 죽음이 너무 아파서 공적인 소외에 대해서는 서운함을 느낄 겨를이 없다는 게 다행이었지만 어쨌든 공적으로는 나아질 기미가 없는 구부러진 길을 계속 걸어가고는 있다.

구부러진 길은 아스라한 곳으로 이어진다는 곡경통유의 정신과는 달리 현실에서 굽은 길을 지난다고 반드시 아스라하고 시원한 경치가 나타난다는 보장은 없다. 무릉도원을 노래한 시인 도연명조차 벼슬살이의 비루함이 싫어 시원하게 공직을 박차고 고향으로 돌아갔지만 말년에는 배가 고파서 죽었다.

아이들이 다 잘 자랐고 저축을 꾸준히 했으며 부모님의 유산을 받았고 국민연금제가 있는 이 나라에서 내 삶이 도연명 같을 리는 없다. 현대사회에서 수입이나 명예가 없다는 것은 그 자체보다 무능한 인간이라는 암시가 되어서 사람을 불행하게 만든다. 이럴 때 나는 마당을 본다. 구부러진 길은 찔레꽃과 개쉬땅꽃이 가득 핀 그 나름의 비경이다. 구부러진 길은 꼭 아스라한 경치를 보기 위한 길만은 아니고 그대로 얼마나 향기롭고 아름다운가. 이 삶은 돈이나 명예가 없는 대신 참 편안하고 고즈넉하지 않은가.

도원으로 가는 문,
개쉬땅나무

뒷마당 낙원으로 가는 동굴 모양이 되어 준 것은 2미터 넘게 휘어지게 자란 개쉬땅나무이다. 부엌 개수대 바깥의 벽에 붙여서 심었더니 6월이면 하얀 꽃이 무리지어 피는 모습이 주방에서도 잘 보인다. 꽃이 예쁘기도 하고 향기도 좋아서 벌들이 몰려든다. 꽃이 피지 않는 계절에도 마주보기로 여러 장 나는 잎의 모양이 아름다워서 간유리 창으로 비치는 은은한 초록의 그림자가 사진작품 같다. 워낙 꽃이 많이 달리기 때문에 여름이면 아쉬울 것 없이 꺾어서 식탁 위를 장식한다.

처음 이 꽃을 본 것도 나무가 아니라 화병의 꽃이었다. 큰애가 초등학교에 다닐 때 학교에서 화분을 사 오라고 해서 고속터미널 지하의 꽃상가를 찾았을 때, 가장 먼저 눈에 들어온 것이 물통 한가득 담겨 있던 이 꽃이었다. 학교로 보낼 철쭉화분이 무거운데도 다른 손에는 이 꽃을 한 아름 사 가지고 집으로 왔다. 마당이 생겼을 때 이 나무를 심으려고 찾았지만 구하기 힘들었다. 원주 친구가 이 말을 듣더니 언제든 가지러 오라고 했다.

2009년 가을, 『마당의 순례자』를 냈을 때 나만의 출판기념회를 꼭 이 친구와 하고 싶었다. 포도주 두 병을 싸 들고 차를 몰아 원주로 갔다. 밤이 되자 친구는 컴퓨터를 켜더니 그 시기에는 꽃이 져 버린 마당식물들의 사진을 일일이 보여 주면서 집으로 들고 갈 식물을 권했다. 모두 마다하고 들고 온 것이 개쉬땅나무와 분꽃나무, 장미덩굴이었다. 홑잎의 붉은 꽃이 피는 장미덩굴은 내가 키우는 법을 몰라서 죽었고, 분꽃나무는 처음 몇 해 힘들어하다가 최근 들어 부쩍 자랐지만, 개쉬땅나무는 첫해부터 우리 집과 아주 잘 맞았다. 지금도 매년 너무 많이 솟아나는 새 줄기를 뽑고 잘라 주는 게 일일 정도로 무성하다.

프랑스어처럼도 들리는 개쉬땅이라는 이름은 이북사투리이다. 이북사투리로 수수를 쉬땅이라고 하니 개쉬땅은 개수수라는 말이다. 꽃이 마치 수수다발처럼 하얗고 동그란 알로 맺혀서 이런 이름이 붙었지 싶다. 개쉬땅나무는 우리나라 함경북도에서 강원도에 이르는, 백두대간의 북쪽 지역에서 주로 자라던 나무이다. 그래서 이름이 그 지역 언어로 붙었고 나무가 전국으로 보급되면서 지역 언어였던 이름이 전국 언어가 되었다.

그런데 이 나무가 전국 나무가 되면서 이름이 엉뚱해지고 있다. 개쉬땅이 아니라 쉬땅나무로 불리기 시작했다. 산림청에서 2009년에 발간한 나무도감에만 해도 개쉬땅과 쉬땅을 병기하더니 2012년에 발간한 나무도감에는 아예 개쉬땅은 사라지고 쉬땅나무만 남았다. 내가 처음 이 이름을 들은 1999년에는 꽃시장의 누구도 쉬땅나

무라고는 하지 않았고, 오직 인터넷의 식물 소개에서만 개쉬땅 또는 쉬땅나무라고 부른다 했는데 10여 년의 변화가 안타깝다. 대학동창 하나도 올해 청계천에서 이 꽃을 만나서 이름을 '모야모'라는 식물이름찾기 사이트에서 찾았더니 '쉬땅나무'만 나왔다고 한다. 건설업체의 임원인 그는 조경업체의 사람들에게 들어서 개쉬땅나무로 알고 있던 터라 조금 다른 식물인가 의아했다는 말을 전했다.

이름이 왜 이렇게 바뀌었는지를 짐작하기는 어렵지 않다. 한국어에서 '개'는 비슷하게 생겼으나 가치가 떨어지는 식물에 붙이는 접두사이다. 영어에서도 false나 pseudo라는 접두사를 붙이는 식물이 있다. 살구나 머루보다 시금털털해서 먹기 힘든 것이 개살구와 개머루이고, 오동나무보다 조잡하게 생겨서 개오동이고, 토종식물인 망초와 달리 미국에서 들어와 성가시게 너무 번지는 건 개망초다. 개불알꽃처럼 동물에서 유래한 '개'나 갯메꽃처럼 바다를 뜻하는 '개'도 있지만 가장 흔한 것은 역시 진짜가 아닌 가짜, 조금 질 떨어지는 '개'이다. 개쉬땅도 곡물이 귀하던 시절에 먹을 것도 아닌 식물이 수수타래 같은 꽃만 있어서 그렇게 붙은 '개'였다. 그런데 쉬땅이라는 단어가 없는 이남에서는 쉬땅나무는 없는데 개쉬땅만 있는 것이 이상하니까 '개'를 떼려고 한 이들이 나타났겠다.

개쉬땅으로 매양 불러오던 일반 사람들이 이런 말을 만들 리가 없다. 식물이름 표준화를 하겠다는 학자들이나 기관이 붙인 게 틀림없다. 산림청 나무도감에서 먼저 이 표현이 등장하는 것이 생생한 증거이다. 이들에게는 수수를 쉬땅이라고 부르는 지역 사람들의 언어세계 같은 것은 무시할 만한 존재였던 모양이다.

얼마 전에 제주도에 놀러 갔다가 제주도 토박이 해설사분으로부터 숲을 일컫는 제주도 사투리로 알고 있는 곶자왈 역시 제주도 사람들이 쓰지 않던, 육지 사람들이 만든 합성어라는 이야기를 들었다. 핀란드 사람들이 눈에 대해 27가지 단어를 가지듯 초록으로 뒤덮인 제주도 사람들은 숲을 일컫는 표현이 굉장히 다양하다. 큰나무 숲은 곶이라고 부르고, 바위와 엉킨 덩굴 숲은 자왈이라고 부르고, 물이 있는 숲은 수덕이라고 부르고, 넝쿨이 많은 숲은 지심이라고 부른다.

그런데 곶과 자왈을 맘대로 섞어서는 곶자왈이라는 단어를 합성한 뒤 이걸 마치 제주도 고유의 언어인 양 공용어로 마구 쓰는 것은, 토박이 언어에 대한 어마어마한 폭력이자 그 말을 쓰는 이들에 대한 무지막지한 횡포이다. 그 지역 말도 아닌 것을 그 지역 말인 양 강요하는 것이 아닌가. 그런데도 이제는 제주도에서조차 곶자왈이 제주 고유의 원시림이라는 해설을 곳곳에서 볼 수 있으니 악화가 양화를 쫓아내는 중이다.

문화의 풍요로움을 구성하는 문화의 다양함이란 그 문화를 품고 살아 온 다양한 집단의 사람들과 그 삶, 오랜 역사에 대한 존중에서 비롯되어야지 중앙집권체계 마음대로 자르고 붙이고 괴물을 만들어서 전국적으로 통용시키는 강제표준화로는 절대 이룰 수 없다. 개쉬땅나무는 쉬땅나무가 아니다.

낙원의
철쭉

뒷마당을 무릉도원으로 꾸미겠다는 계획을 세운 건 우연히 돋아난 복숭아나무 때문이다. 퇴비창에서 복숭아나무가 돋더니 막 자랐다. 그렇잖아도 복숭아나무를 심을까 말까 고민하고 있었는데 고민할 필요가 없어졌다. 가뭄에도 복숭아나무는 잘 자랐다. 그래, 북한산만 멋있어 할 게 아니라 이곳을 아예 화려한 꽃동산으로 꾸미자 싶었다.

그렇게 마음을 먹자 뒷마당으로 들어섰을 때 헉 하고 눈이 튀어나올 정도로 예쁜 꽃을 심고 싶었다. 내 눈에는 그게 복숭아꽃은 아니었다. 복숭아꽃은 여러 그루 심어 무리 지어 피었을 때에 예쁜 것이지 겨우 두 그루 정도로는 아니었다. 실상 이 좁은 마당에 두 그루를 심을 땅도 부족했다. 한 그루만 있어도 헉 소리가 날 정도로 예쁜 꽃은 무얼까 곰곰 생각해 보니 그건 철쭉이었다.

고향 소백산에 흔한 꽃이자 내가 태어나고 어린 시절을 보낸 강원도의 산에도 많은 게 철쭉이다. 어른보다 큰 키에 어린애 손바닥만한 연분홍 꽃이 흐드러지게 피어서 한 그루만 있어도 주위가 다 화사해지는 꽃이다. 관목으로만 알고 있었는데 거의 5미터까지도 자란다고 했다. 아교목인 셈이다. 우리나라에는 560살(오차 범위 30살)인 철쭉나무가 경북 봉화의 옥돌봉에 있다. 철쭉은 만주부터 한반도까지를 원산지로 하는 우리나라만의 특산 식물인데 우아한 분홍색이 몹시도 아름다워서 영어로는 royal azalea(왕실철쭉)로 불린다. 그렇다, 이 나무다!

그런데 이 식물을 사자니 또 꽃시장에 없다. 강남에 살던 10여 년 전만 해도 양재꽃시장에 이 식물이 나왔다. 내 키만 한 것들을 잔뜩 묶어 놓고 한 그루에 삼천 원인가에 팔았다. 작년과 재작년에 강남북 꽃시장 몇 군데를 들러도 살 수가 없었다. 지방의 산림청 직할 나무시장 몇 군데에 전화했는데 상산나무 때와 똑같았다.

"산에 있잖아요."

"산에 걸 캐요?"

"그건 안 되지요."

"그러니까 팔아 달라구요."

"산에 있는 건 사람들이 안 사요."

"제가 산다니까요."

이 승강이를 하다가 지쳐서 결국 강원도에 산이 있는 중학동창(선도부장 친구)한테 문자를 넣었다. 이 친구는 뭐든 그냥 주려고 하기 때문에 되도록이면 부탁을 안 하려고 했다. 친구는 산에 있다며 화분을 만들어 가져다주겠다고 했다. 친구는 1년 가까이 연락이 없었다. 채근하기도 그래서 다른 곳을 알아보는 사이에 상산에 같이 꽂힌 수플

©국립수목원

리안 대표를 만나서 철쭉도 상산도 부탁을 했다. 철쭉은 10만 원짜리도 좋으니 큰 나무로 구해 달라고 했다. 그때가 2월이었는데 시골 친구의 산에서 철쭉을 사 온다던 이분이 꽃시장에서 철쭉을 만난 모양이었다. 4월에 사진을 보여 주길래 얼른 가져다 달라고 했다. 그런데 그는 상산의 삽목이 안 끝났다며 같이 가져다준다고 했다. 5월이면 철쭉이 막 자랄 때라 큰 나무를 옮겨 심으면 몸살을 많이 하는데 싶었지만 설마 조경업체 대표가 그걸 모르랴 싶어서 하는 대로 두었다. 그사이 나는 뒷마당의 시멘트를 깨고 철쭉을 맞을 준비를 해 두었다.

5월 10일에야 비쩍 마른 철쭉이 왔다. 키는 내 키보다 컸지만 온실에서 지냈는지 이미 꽃은 다 졌고, 꽃 진 자리에 새로 돋아나 무성하게 뻗어 있어야 할 주황연록색 이파리들은 없었다. 나무를 심고 이틀 뒤부터 연사흘 내린 비에 잠깐 녹색이 도는가 하더니 땡볕에 다시 말라 갔다. 나는 매일 저녁마다 옆마당의 수돗가에서 양동이로 세 통에서 다섯 통의 물을 날라 주었다. 아침이면 좀 나아 보이던 나무는 속수무책으로 시들어 갔다. 이 나무는 영어 사이트도 별 도움이 되지 않았다. '아침 볕이 많은 곳과 바람이 센 곳에는 심지 말라'는 조언 정도라 이미 심은 나무에는 소용이 없었다. 심지어 '갈색 반점이 등장하면 죽은 것이니 포기하라'는 내용까지 나왔다. 트럭배송료 포함 8만 5천 원을 들인 나무를 포기하기에는 내 경제사정이 용납을 안 했다.

먼저 철쭉나무 주변에 잡초를 심어 줬다. 잡초는 나무와 질소 성분을 두고 경쟁하는 사이라서 원예사이트들은 뽑아 주라고 권했지만, 새로 나무를 심었을 때는 땅에 미생물이 살아나게 하고 습도를

유지해 주는 데 도움이 된다. 잡초를 심어 주자 물 주는 양을 줄여도 나무가 시드는 정도가 비슷했지만 새 잎이 더 나는 것 같지는 않았다. 땅속으로 물이 스며드는 속도는 빨라졌다. 흙에 미생물이 살아나서 수분흡수를 잘하게 된 것인가.

2주 뒤쯤 이곳에 지렁이를 잡아다 넣었다. 지렁이는 땅속 유기물을 더 잘게 분해해서 나무가 흡수하기 좋게 만들어 준다. 뿐만 아니라 땅속을 헤집고 다니며 나무를 옮겨 심을 때 생길 수 있는 공깃구멍을 파괴해 준다. 나무뿌리는 공깃구멍에 닿으면 죽는다. 물을 주니 공깃구멍이 터지면서 공깃방울이 더 많이 올라오는 것도 같았지만 새 잎이 나는 속도는 여전히 지지부진했다.

한 달쯤 지나서 나는 이곳에 오줌퇴비를 주었다. 나뭇잎의 갈색 반점은 질소 성분 부족이라고 한글로 된 자료를 보았다. 그리고 질소퇴비로는 삭힌 오줌이 최고라는 자료도 봤다. 오줌은 얼마나 흔한 것인가. 질소를 안정시키기 위해 탄소를 쓰라고 했다. 나무를 태운 재도 우리 집에는 흔했다. 삭힌 오줌과 재를 물에 섞어 뿌려 주자 철쭉의 새 잎이 쑥 커졌다. 더 신기한 건 이 새 잎에 주황 기운이 돌기 시작한 것이다. 싱싱한 철쭉잎에서만 볼 수 있는 주황연록색! 이제 해마다 봄날이면 이 철쭉은 뒷마당 식탁 위에 커피잔만 한 분홍꽃을 드리우게 될 것이다.

한 달 동안 매일 0.1톤의 물 나르기, 잔디밭 사이의 잡초를 캐서 일일이 심어 주기, 지렁이 잡아다 넣어 주기, 오줌 받아다 삭혀서 주기. 나원은 이런 혹독한 노동으로 완성되어야 마땅하다.

레이차를 만들며

아침마다 레이차擂茶를 한잔 마신다. 레이차는 풀을 갈아 마시는 차이다. 이렇게만 쓰면 자연으로 돌아가다 못해 아무 풀이나 뜯어먹는 지경에 이르렀나 싶겠지만 레이차는 중국의 오랜 전통이 축적된 세련된 음료이다. 자연친화적일 뿐 아니라 영양가도 높다는 사실이 알려지면서 최근에는 젊은 층을 중심으로 세계적인 각광을 받기 시작한 첨단 유행식품이기도 하다. 레이차의 '레이'는 한자로는 갈 뢰擂를 쓰는데 손 수手 옆에 천둥 뢰雷가 합쳐진 글자이다. 그래서 영어로는 '천둥차밥thunder tea rice'으로 불린다. 찻물에 곡류를 넣어 한 끼 식사처럼 먹기도 하기 때문이다.

보통 녹차가 찻잎을 우려서 마시는 데 반해 레이차는 먹을 수 있는 온갖 풀과 나뭇잎으로 만든다. 녹차는 이뇨작용을 일으키기 때문에 체질에 맞지 않는 사람도 많고 차나무가 없다면 사서 먹을 수밖에 없지만, 레이차는 살고 있는 동네의 다양한 식물로 누구나 쉽게 자기에게 맞는 차를 만들 수 있다.

레이차를 만드는 법은 쉽다. 레이라는 말대로 풀이나 잎을 갈아서 만든다. 레이차에 들어가는 재료는 계절과 지역에 따라 다르다. 먹을 수 있는 풀과 나뭇잎은 다 쓸 수 있다. 보통 7가지 종류의 풀을 쓴다고 하는데 대만과 말레이시아의 찻집에서는 쑥, 바질, 박하, 고수, 찻잎을 주로 쓰는 모양이다. 원칙이 있는 것이 아니니까 입맛 당기는 제철 산나물이나, 먹을 수 있는 나뭇잎을 마음대로 고르면 된다. 다만 한 종류가 아니라 적어도 다섯 종류 이상을 섞어야 한다.

산과 들에서 뜯어 온 식용 풀과 나뭇잎을 기름에 살짝 볶은 후 그대로 곱게 갈아서 뜨거운 물을 붓는다. 이 녹색 즙에 땅콩이나 들깨, 참깨, 호두, 잣, 연밥 같은 견과류나 튀긴 곡물, 국수, 삶은 콩이나 팥, 두부, 다진 고기를 넣어서 먹는다. 말하자면 나물로 만든 말차이자 즉석식사의 베이스 국물이다.

나는 아침마다 마당에 나가 레이차로 마실 풀을 뜯는다. 씀바귀와 모싯대, 비비추, 쑥, 엉겅퀴, 어성초, 원추리, 당귀잎, 바질, 깻잎, 루꼴라, 차즈기, 뽕나무잎, 더덕잎, 산국 등등 마당에는 먹을 수 있는 잎이 무척 많다. 대부분 꽃 보자고 심거나 마당에 솟아난 식물인데 워낙 들꽃들을 좋아하다 보니까 약초로 쓰이는 풀이 마당에 많아졌다. 나이가 들면서 간이 나빠진다고 해서 간에 좋은 쓴 풀, 씀바귀를 제일 많이 넣는데 익혀서인지 섞여서인지 신기하게도 쓴 맛은 거의 나지 않는다.

기름에 볶으라는 정통 레이차 방식을 따르지 않고 나는 풀과 잎들을 끓는 물에 데친다. 식물성 기름은 압착식이 아닐 경우 몸에 좋지 않기 때문이다. 이렇게 데친 잎에 들깨나 참깨를 넣고 간다. 거기

에 뜨거운 물을 부어서 차로 마신다. 기호에 따라 소금이나 꿀, 설탕을 넣어 마시기도 하는데 나는 소금 쪽이다.

레이차를 만들기 위해 남대문 시장에서 깨절구도 하나 새로 샀다. 믹서로 갈다가 모터 소리도 시끄럽고 깨절구에 갈면 아침 운동도 되고 사색하는 시간도 될 것 같았다. 시끄러운 모터 소리 대신 달각거리는 절구소리는 매우 듣기 좋았지만 이건 운동이 되어도 너무 되었다. 산나물들의 억센 섬유질이 깨절구와 나뭇공이로는 곱게 갈리지 않았다. 5분만 갈아도 땀이 날 정도인데도 줄거리는 여전히 씹혔다. 결국 믹서기로 다시 돌아왔다. 중국의 요리 다큐멘터리에 보면 자배기만 한 요리절구에 레이차를 만드는 유명한 찻집이 나오는데 그 주인의 팔 힘이 어마어마할 거라는 것을 뒤늦게 깨달았다.

인간에게 꼭 필요한 미네랄은 영어 단어가 말해 주듯이 광물질이다. 땅 속의 광물질을 식물이 끌어올리고 그 식물을 먹은 동물의 몸속에도 축적이 되어 동물을 살게 한다. 단백질, 탄수화물, 지방 같은 사람 몸을 구성하는 기본 영양소가 부족하던 시절에는 미네랄과 비타민에 신경 쓸 여력이 없었지만, 이제는 사람이 건강하려면 3대 영양소뿐 아니라 비타민과 무기질을 갖춰 먹어야 한다는 것을 알게 됐다. 식물에 이 영양소가 많다는 것을 알게 되고는 식물성 비타민과 무기질을 통칭하는 피토케미컬(식물약성)이라는 용어까지 생겼다. 레이차는 피토케미컬의 진수이다.

레이차는 주변에서 손쉽게 구하는 재료로 만드니 누구나 먹을 수 있고 익혀서 먹으니 병균과 기생충에서 안전하다. 팔 힘을 아끼는 나는 포기했지만 제조방식에서도 반드시 기계의 힘을 빌려야 하는 녹즙보다 자연친화적이다. 비료나 농약을 치지 않은 자연의 풀이라 질소과잉 같은 부작용을 염려할 필요도 없다.

레이차는 중국에서도 한족의 고갱이를 자부하는 학가족의 유산이다. 학가족, 또는 객가客家족으로 불리는 이들은 이민족의 침입으로 고향을 떠나 남쪽에 정착한 한족을 일컫는다. 멀리는 기원전 3세기 서진의 난리 때 옮겨온 사람부터(무릉도원의 주인도 이들이다) 당나라가 들어설 때, 송나라가 망했을 때, 청나라가 들어섰을 때 등등 이민족이 주류가 된 왕조가 세워질 때마다 고향을 떠난 한족의 후예라 하여 객가족은 한족 정통이라는 자부심이 매우 강하다. 자기들끼리 똘똘 뭉치고 공부도 열심히 시키고 돈도 잘 벌어서, 근현대에 이르러서는 중국 본토는 물론 전 세계에서 화교로 이름을 떨치는 이들은 거의 다 객가족이라는 말이 있을 정도이다. 중국 본토에서는 광동지역을 비롯한 남부지방에 많고 대만에서도 주류를 형성하고 있다. 이들이 있는 곳에서 레이차가 생활음료이다.

중국인의 기대수명은 2015년 월드뱅크 기준 75.99세이다. 중국보다 평균 소득이 5배는 많은 미국인의 기대수명은 겨우 두어 살 많은 78.74세이다. 경제력에 비해 중국인의 수명이 이렇게 높은 데에는 여러 가지 이유가 있겠지만 가장 큰 몫은 오랜 전통에서 나온 풍요로운 식생활이다. 그중에서도 레이차는 주변에 있는 모든 것을 맛있게 이롭게 먹는 법을 탐구하는 중국식 실용이 무르익어서 완성된 가장 이상적인 음료이지 싶다.

나물반찬을 잘 만들어 먹는 이들에게는 굳이 필요 없는 차겠지만 아직도 나물반찬만은 서툰 내게는 레이차가 피토케미컬을 흡수하는 가장 맛있는 방법이다. 따끈한 레이차를 마시면서 생각한다. 하늘에서 공짜로 쏟아지는 햇볕만 받고 땅의 영양소를 끌어올려 그토록 무성하게 자라나 주는 식물들. 그렇게 얻은 유익함을 수많은 동물들의 먹이로 기꺼이 내주는 식물들. 이런 존재야말로 고귀하다고 불릴 자격이 있지 않을까.

향기만이
현재이다

4월이면 분꽃나무가 꽃을 피운다. 연분홍 도톰한 꽃잎이 여러 장 모여 공처럼 둥글게 핀다. 향기는 너무 달콤하다.

흔히 아카시아 향기도 달콤하다 하고 치자꽃도 귤꽃도 라일락도 수선화도 향기가 달콤하다 하는데 각각 그 달콤함은 조금씩 다르다. 그런데 분꽃나무의 달콤한 향은 이들과는 또 완전히 다르다. 어디에서도 맡아 본 적이 없는, 어느 것과도 비슷한 데가 없는 향기이다.

분꽃나무를 지나칠 때마다 이게 무슨 향이더라, 향이더라 곰곰이 생각하다가 딱 생각이 났다. 터키의 설탕젤리 로쿰 향이다. 흔히 '터키시 딜라이트turkish delight'라고 부르는 달디 단 젤리를 먹었을 때 입속에서 코로 맡아지는 그 향이 분꽃나무 꽃에서 난다. 꽃이라면 보통 어느 정도는 풀향기가 섞여서 나는데 분꽃나무의 향은 그냥 설탕 그 자체 같은 향이다.

정원을 가꾸는 기쁨 중 으뜸은 향기를 누리는 것이다. 마당을 가득 채우는 모란향, 인동덩굴향, 언저리에 가면 벌써 느껴지는 찔레향, 장미향, 개쉬땅나무향, 코를 댔을 때는 오히려 약하다가도 멀리 있으면 코끝을 스치는 참꽃으아리의 향, 잎을 비벼서 맡으면 레몬잎 향이지만 멀리 있으면 더덕의 향이 나는 상산의 향. 대추나무의 매운 냄새, 회양목과 제비꽃의 분냄새, 체리나무 곁에 가면 나는 달콤한 향. 코를 대야 맡아지는 수선화향, 이 많은 향기들이 정원의 선물이다.

내가 지금 이렇게 열심히 향기를 설명하는 것은 향기를 그대로 옮겨 주는 방법이 없기 때문이다. 모습은 카메라에 담고 소리는 녹음기에 담아 전해 줄 수 있지만 향기는 그럴 수가 없다. 그래서 말로나마 어떻게든 비슷한 향기를 떠오르게 해 주는 게 고작이다. 떠올린다고는 해도 향기는 소리나 모습처럼 눈에 보일 듯한, 귓가에 들릴 듯한 연상작용을 당신의 뇌에 불러일으키지 않는다. 기억회로 속에서 비슷한 감각을 꺼내 보지만 냄새 자체가 느껴지지는 않는다.

인간이 향기를 되살리지 못하고 향기를 복제할 수 있는 기계를 만들지 못하는 것은 두뇌와 상관이 있다. 인간의 두뇌는 모습이나 소리는 상상할 수 있어도 냄새는 상상해 내지 못한다. 오로지 맡을 때에만 실재하는 것이 냄새이다. 그래서 냄새는 꿈에도 안 나온다. 인간은 꿈속에서 날기도 하고 상상 속의 새가 울고 괴물이 그르렁대는 소리도 듣지만, 그 어떤 냄새도 맡지 못한다. 만약 당신이 잠결에 무슨 냄새를 맡았다면 그건 꿈속의 상상이 아니라 당신의 주변에서 실제로 그 냄새가 나기 때문이다. 그래서 인간은 냄비를 불 위에 올려놓고 잠들었다가도 큰 화재로 이어지기 전에 고구마나 달걀이 타는 냄새를 맡고 잠에서 깰 수 있고, 마르셀 프루스트는 진짜 마들렌의 냄새가 났기에 어린 시절을 떠올리며 대작 소설을 쓸 수 있었다. 냄새는 실체가 있어야만 존재한다.

어느 날 저녁 나는 방송사 건물을 향해 바삐 가고 있었다. 월요일부터 금요일까지 매일 저녁 두 시간씩 시사방송의 진행을 맡고 있을 때였다. 신문사 일과 방송사 일을 함께하는 것이 벅찼겠지만 새로 합을 맞춰 가는 사람들과의 관계가 순조롭지 않아서 마음이 편치 않을 때였다. 걱정으로 가득해서 남산길을 걸어가는데 아카시아 향기가 났다. 5월이었다.

그 순간, 나는 그 향기를 맡을 수 있는 시간은 바로 그때 그 자리뿐이라는 것을 알았다. 내가 그 시간에 아까시나무가 많이 자라는 남산 주변에 있지 않았다면 누릴 수 없는 축복이었다. 바로 그 시간, 향기가 닿을 수 있는 그 공간에 존재하는 이들에게만 쏟아지는 바로 지금 여기의 축복이 향기이다. 나는 잠시 서서 그 축복을 가슴 깊이 들이쉬었다. 앞으로 어떤 일이 일어나든 그건 그때 생각하고 나는 지금 이때는 이 향기를 즐기자고 마음먹었다.

그로부터 6년이 흘렀다. 나는 여전히 과거의 일로 번민하고 미래의 일로 걱정하는 평범한 사람에서 벗어나지 못하고 있다. 그러나 꽃들의 향기를 맡을 때마다 현재가 주는 축복만은 놓치지 말자 다짐한다. 현재만이 실체니까.